ハイスクール・オーラバスター外伝集

アンダーワールド・クロニクル

若木未生

徳間書店

TOKUMA NOVELS

ハイスクール・オーラバスター外伝集

アンダーワールド・クロニクル

highschool aurabuster side stories

under world chronicle

CONTENTS

007 RED RED ROSES
021 夜間飛行 vol de nuit
089 fragments 2011
101 The Prophets
129 ありふれた晩餐
141 metro
153 魔法を信じるかい?
165 siesta
175 pieces of 30th
185 未収録SS
197 Before The Judgement
221 スリー・ストーリーズ
233 《ハイスクール・オーラバスター》完結記念
若木未生インタビュー
246 あとがき

イラスト/東 冬
デザイン/宮村和生(5GAS)

Mio Wakagi

highschool aurabuster side stories　under world chronicle

RED RED ROSES

２００８年12月発行

Ｋ（１９９５年）

noel（２０００年）

ノイエ・ムジーク（２０００年）

K

やな奴《やつ》だった。

第一印象。

他人のこと平気で捨てる奴だと思った。泣いた女たくさんいるって話だったから。

「何」

並んだ机の板にカバン放り出して、のっけから言った初対面のセリフがその一文字だ。

「何じゃねーよ。あたしがなんかしたかよ」

「てめえが俺に用事あったんじゃねえのかよ」

「ねえよ別に」

奴がどのへんでそんなこと考えたのかわからなかった。

全部の女がおまえとおハナシしたがってるわけじゃねーや、ばーかっ。

「ふうん」

あてが外れた感じで和泉希沙良《いずみきさら》はどかりと隣の席にすわりこむ。

イズミキサラ。

新しい二年生の名簿で、奴がこっちと同じクラスの出席番号二番になってるのを見て、畜生なんてこったとは思ったんだ。こちとら安曇陽子《あずみようこ》なんて名前で案の定、前から二番目に座らされるはめになる。

（友達いねえな……こいつ）

三分くらい黙って並んでるだけでなんとなくわかった。

ハブにされてるってのとは違う。そういう奴はやっぱ居心地悪くて情けないカオしてるから、わかる。けど一年のとき同じクラスだった連中だとか、部活が同じやつらとか、なにかしら挨拶はしてもそれきりだ。

なんか、最初っから「話が通じない」のをあきらめてるみたいだった。

他人のことバカにしてんだろうか。

「おい」

がつんと椅子の脚を蹴《け》られた。ああ？

「だから腹の中で俺のこと考えてんじゃねえよ、気味が悪いんだよ隣で!!」

「………」

なんだこいつ。

すげえ自意識過剰な男だなと思ったけど、こっちが奴について考えてたのは本当だ。

「あんたいつも女にそんな口きくのかよ」

「ちゃんと全部口に出す女と、ちゃんと考えてんのを隠せる女になら言わねえよ」

げげ。

顔見たらマジで言ってるんで、また呆《あき》れた。

かっこつけで言ったらサイアクな科白《せりふ》じゃんか。

そんなの。

「んじゃ言うけど」

「何」

「やらせてくれよ。一度」

奴に負けないくらい大マジな顔で言ったら。

「んな安物じゃねえよ」

焦るんでもびっくりするんでも乗ってくるんでもなくて、和泉からはもっと大マジな返事が来た。くそ……。

『和泉君に変なこと言わないでくれる？』

来たよ。

担任が来てHRが始まってまだろくにたたないうちにそんなメモがどっかから……後ろの席の女子からまわってきたんで、はっきりいってあたしは大ウケした。そーか、すっごいじゃんかー和泉ってさー。

「何だよ」

すぐさま、何か気になったらしくて和泉がこっちを見た。こいつはもう超能力者ってことで決定だ。

テレパシーが効くんだな。

「へへへへ」

まわってきたルーズリーフの切れ端はくしゃくしゃ折り畳んで、和泉にはへらっと笑って済ませる。

女泣かせるほうも泣かせるほうだけど、懲りない女たちも偉いよ。まったく。

（外見《カオ》で惚《ほ》れるのかな）

フェロモンかな。

むやみやたらに女が寄ってくる感じ。

母性本能に訴えるとかな。そっちかな。

「おい」

ががん、とまたもや椅子の脚を蹴られる。ああそうだよ悪かったよ考えてたよ和泉のことをさー!!

（やめるよ、やめりゃいいんだよね）

元からキレイな奴はどうして女が蛾《が》みたいにふらふら吸いよせられてくるかなんて頓着しやしないだろうし。

どっちみち他人なんか要らないのがありありだったし。

距離おいとくのが一番。


「ぷぷぷー。目にうかぶー。『変なこと言わないでくれる？』のオンナー」

べしべし自分の膝《ひざ》を叩《たた》きながらトモエが大笑いする。一応、もとのクラスの親友同士なんで。体育館の壁際でしゃがんで。新しいクラスの報告などをお互いに。

「あたしカオ見てないもん。どいつだか」

「でもそーゆーノリの女、わかるじゃんか。どんな顔してるかとかさー」

「むー。まーねー」

しかし和泉のカノジョどもは案外レベルが高いとゆー噂《うわさ》も聞いた。と思ったらトモエがはたと手を叩き。

「みゆきちゃんも昔あれにひっかかってたよ、そいえば」

「うえ。そうなのか！」

特に仲間ってわけじゃないけど名前はよく知ってる。がーん、あんなに美人な良い子なのに。あーあ……。

「陽子よ、なぜそこで溜《た》め息をつく？」

「う。だってもったいないじゃんかよー」

「まーねー」

だから早く切れてよかったんでないの？　とトモエが言う。あ、そーか、トモエには、みゆきちゃんに和泉なんかじゃもったいないって話なのか……。

（みゆきちゃんみたいなおいしい子、モノにできないんじゃ、しょーがねーな和泉……）

あわれなやつ。

なんでだか。

雰囲気だけでもう哀れだった。

「きっとほんとはオンナとか要らないんだよ、あいつ。それ以前に人間の中身がダメだもん、あれじゃおもっきしダメ人間だよ」

「くわしーじゃん。惚れたの？」

「うう。ちゃうねん」

「どこがちゃうねんよ」

「惚れとらんねん。惚れとらんねんけど……やりたいな」

「がく」

お約束う、とトモエはぱちぱち拍手。

はー。

こっちはもう一度、ふかぶかと溜め息。

「マジやりたいっす」

「なに、マジ？　そりゃびっくりだねい」

「気持ちよさそうじゃん。なんか、絶対、絶対気持ちいいと思うんだよう!!　気のせいかなあ、そんなことないのかな？」

「知らんよそんなのー。和泉のオンナに訊《き》けよ」

「ちぇーっ」

悲しくないけど、がっかりはした。

それから席替えでうまいこと和泉から離れた後は、和泉はけっこう気分次第で学校に来なくなる奴だったりしたたし、あたしも適当にさぼってたし、あいかわらず女の噂は聞こえてたし、まあいいやって感じだった。この歳《とし》になってああいう奴なんだから、今更どうしたって底の性格は変わらねーよなと思うことにしてた。

確かにあいつは、近づかないかぎりラクな男だった。自分勝手で協調性なくてダメな奴だけど、近くにいる人間以外には迷惑かけない男だってのはよくわかった。

(なんであれでまともに生きてんのかな)

誰だってどっか取り繕いながら学校だとか世の中だとかに合わせてんのは、あたりまえのことだからいい。

いいんだ別に。

(けどあいつ何か足りねえよ)

ぽかんと穴があいてる。

人の気持ちにはテレパシー使うくせにさ。

それだけ神経細いくせして他人とあんなにスカスカな無神経なつきあいかたができるってのは、なんかズレてる。

かみあわない、気がした。

その和泉にでくわしたのは真夜中だった。

こっちは改造したてのFZR、馴《な》らそうとして走りまわって、さんざん遊んで呑気《のんき》に帰る途中で。

なんか、知ってる顔とすれちがった……。

一瞬、それだけわかった。

だけど。

「和泉いいっ?」

車道Uターンしながら、ふりむいたら。

奴はまだそこにいた。歩道にぼんやり、幽霊みたいに、いた。

(どこだよ、ここ)

吉祥寺《きちじょうじ》。つーか、三鷹《みたか》寄り。

和泉の家がこっちだったか知らない。けど違うような感じがした。

誰も知ってる人間のいない場所で、ぽつんとひとりで立って途方にくれてるみたいに、見えたから。

和泉が。

(あ)

なんだよ。

この男。

メット外して、目をこらして、それきりこっちも二の句がつげない。

「どうしたんだよ」

和泉がそこで泣いてたんならよかった。まだましだった。

泣けない顔してる。

世界の全部がだいなしになってる。

「なあ、どうしたんだよ！　和泉！」

なんだよおまえ。

壊れる世界なんかあったんじゃんか。本当は。

「和泉ってばさ……ひとりなのかよ。うちに送ってってやろーか？　ねえ」

そこでようやく、和泉がゆらゆらと首を横に振った。こっちの声が聞こえてないわけじゃなかった。けど相手が誰かわかってるかどうかは謎だった。

「ちゃんと帰れんのかよ……大丈夫かよ」

「あいつが……」

追いかけてこない、と和泉が自分で言ったのか、顔を見ててそんなふうに勝手にあたしが思ったのか、ごっちゃになっている。

(あいつって誰)

ほんとは訊きたかった。

でも。

「なあ、どっかつらいのかよ。でなきゃ悲しいのかよ。あたし心配だよ、苦しいんだったら医者でも何でもつれてくからさー……」

「……らない……」

治らない。

どうにもならない。

かわいそうな、かわいそうな不幸な運命につかまってる。

（なんだよそれ）

腹が立った。

（誰だよ）

浸るなよ。出てこいよ！　こっちに誰がいるかわかれよ!!　この男はさああっ!!

（こんなにしやがって）

（和泉を、こんなんにしやがって）

あまったれた男だけど。

中身、きれいなやつだから。

「がんばれよ馬鹿。がんばれよ。おしまいなのかよ……どうしようもないのかよ。まだ何かやることないのかよ。考えろよ。必死で考えろよ！」

「…………」

少しだけ。

ぽかんとした、目の前でぱんと手を叩かれたときみたいな、そんな驚いたカオして、和泉があたしを見た。あたしのことを見た。

（うあ。わかった）

ずきっと来た。イズミクンに変なこと言わないでくれって女の気持ちわかった。

こいつぐずぐずに崩れるくらい弱い。

透けるくらい弱い。

それがいっこだけ、必死で考えなきゃって。考えなきゃって、条件反射よりうんと先に。

なんだこいつ子供のくせに、弱いくせに、そんな大事なもの持つなよ。自分の生命みたいにかかえてんじゃねえよ。それしか手の中に持ってないのかよ。

淋《さび》しい男。

（あんたがそうだから、女たちみんな過保護になるんじゃんか）

ひきよせてる。裏切ったり捨てたり、ぜったいしないやつを待ってる。

「……おしまいに、できねえよ」

こっちから目をそらして和泉がふっと喋《しゃべ》った。

「あいつ……助けなきゃ、ならねえんだよ。あいつがそれ、イヤだって言ったって、俺がやらなきゃいけねえんだよ」

「和泉それでつらくないのかよ。大丈夫なのかよ」

「……にも、……きねえほうが」

とぎれとぎれの。かすれたセリフ。

何もできないほうが、つらい。

そういう意味だと思った。

「サンキュ……陽子。またな」

すごい突然に和泉が言って、今度はあたしがびっくりしてぽかんと和泉を見た。和泉はもう、背中向けて、まだふらふらとした感じで、でも歩きだしてた。

「かっ……帰れるのかよ、乗ってけよ」

「やること……考えたからさ……。だから、いい」

「………」

わかんねえよ和泉。

全然わかんねえけど。

そんなんでも結局、和泉が自分で決めて、自分で歩きだしてんのは本当だった。

(陽子)

あたしだってわかってた。あたしにむかって言ってた。

馬鹿。

「和泉!! なんかあったら電話しろよ、あたし呼べよ、バイクあっからどこでも行けるからさっ!!」

おいてけぼりのあたしのほうが情けなくなるじゃんよ。

おまえなんかよりよっぽど強いのに。

こっちが大事にされてるみたいじゃんか。馬鹿。

他人だけど。

(あいつの話なんか一生聞いてやらない)

(誰だとか知ってやらない)

そのとき、和泉がも一度、肩動かして、ふりむいた。

薄暗い電灯の下で。

「そーゆーときは先にまず番号教えるもんだろ、気のきかねえやつ……」

「んだよおおっ!!　今　言おうとしてたんじゃんかよ!!　和泉おまえあたしの電話番号高いの知らないだろ、ラーメンセットふたつは覚悟しろよ!!」

ムキになってこっちは怒鳴りかえしてた。食い物で売るか普通、って和泉がぼそぼそとつぶやいた。

「じゃなかったらやらせろよ」

ためしにそう振ってみたら。

「売れねえよ」

和泉の答えはあいかわらずだった。

「なんでだよ、ミサオ固いのかよ」

「愛がなくちゃ俺が可哀想《かわいそう》だろ」

がく……。

(本気で言うなよお、んな恥ずかしい科白を!!　真顔で!!)

やっぱこいつ駄目だ。絶対、絶対、近づかないほうがいーよ。

すっごくそんなふうに決心したけど、たぶんきっともう、手遅れだよなと思った。


【1995.12】

星。金色の、星のかたちをした飾りが、樅《もみ》の木のてっぺんについていて、それがいちばん特別なもののように光を浴びて輝いていたから、あれがいい。

　綿でできた雪のイミテーション。順繰りに点滅する豆電球。プラスティックの人形、トナカイ、サンタ。あちこち電気仕掛けで動く。ぴかぴかひかる。透明なガラスごしの世界。ミニチュアの、一家団欒《だんらん》な一軒家、煙突つき。ショウウィンドウの表面に前髪ぶつけて覗《のぞ》いていたら、ワーイと走ってきた子供、どしんと膝に抱きつくみたいに俺の足に来るから、なんだよどうしたのと訊いたら、もじもじ黙る。

(小さいガキ嫌いなんだよ俺ほんとうは)

　あのねーいまねーママにねークリスマスのおもちゃかってもらうんだよー。

　フーンそっか、よかったな。

　うふふ。

　得意そうに笑って、ぱたぱた走ってった。

(プレゼントはサンタに貰《もら》うんだろ、ママに買ってもらうってどうだよ、間違ってねえのか)

　まあ、いいけど。

　季節のせいで街が明るいから夜なのにサングラスをかけて待つ。

　サンタって、いつのまにか来るからいい。来るのが見えないからいい。来なくてもわからないくらいがいい。サングラスをかけて待つ。ショウウィンドウの華やかな人形達がくるくるまわる動きをながめて待つ。どこかで聖歌隊。道端でコーラスが始まってる。ノエル。ノエル。

「なにがほしいって?」

「あれ」

金色の星を指さして言う。

「……ああ。わかるよ」

「ほしいなー。すっげほしい」

「手に入ると思うよ」

「……言っとくけど、このガラス壊すなよ」

「なら、もっと簡単な手で行こう」

俺のサングラスを引き抜いて、おまえの指、まっすぐ真上を指さした。街の輪郭どおりに切りとられた夜空、真冬の星座。案の定、しらっと言いやがる。

「どれもおまえにやるよ」

「なあそれ最初だれの持ち物だったんだよ……」

バカ、と笑うと白い息が滲《にじ》んで星が見えない。天に上っていくコーラス。ノエル。ノエル。


【2000.11】

ノイエ・ムジーク

中指で黒鍵を一度。

叱るように一音のみ。


重く意図をもつ音を。

鳴らす。


「リクエストは？」

「ネコフンジャッタ」

「……どうしてもというなら」

「うお。ていうかキサマ弾けるのか猫踏みマーチが！」

「弾けないと困るんじゃないかな、それは。一応、人前でも弾く身として、その難易度のものなら」

「つーか、そうか、俺もきみのサービス精神は買っているのだが、ちと一瞬びびったぞ、ニコニコして猫を踏む里見《さとみ》君のピアノつーやつは勘弁だ。おお見よ俺の鳥肌を、ぞわー」

「それは西城《さいじょう》の感受性の問題だろう」

「まったく俺は天才で困るなあ里見君よ」

「俺は西城を友人に持って困った経験はないつもりだな」

「ああ里見君、ニコニコ笑って心から神に感謝する曲を弾きたまえよ」

「……困った」

「うっはっはっは！　ざまをみろ。ふん」

「神はともかくとして、心ばかりの感謝や希望の念くらいなら、俺にもあるよ」

「あるのは当然。なかったら殴るが。出し惜しむのがイカンつーとるのだ日本語の通じない馬鹿め」

「ああ。わかるよ、よく」


薬指。高音のBフラットを奏でて、密《ひそ》かに笑う。

ピアニシモの、透明な。
午後。

【2000.3】

夜間飛行 vol de nuit
２０１０年12月発行

super love（１９９７年）
super love ex（１９９８年）
super love 2（１９９８年）
highschool aurabuster 0708（２００７年）
（すべて書きおろし）

《super love》

part 1『夢じゃない』

悲しい夜に目が醒《さ》めた。

——何をそんなに悲しいと思ったのかわからない。

もうわからなかった。


「亮介《りょうすけ》はさ、大きくなったら何になるの」

ならんで歩いているときにふと諒《りょう》が言った。

「何って」

はあ？　と俺が訊《き》いた。

「ハアッ？　てそこで思いきし人を拒絶したような物言いをするところが亮介の亮介の亮介の」

「二つ疑問があるんだけど」

「はいはい」

下を向いて亮介の亮介のと言っていたつづきで、あっさり真顔に返ってみおろしてくるこいつの眼《め》は嘘《うそ》が上手《うま》いから。

いつも騙《だま》されるし。

騙してもいいよと俺も思うことがある。

いいよ。

「一つめが？」

「ここまで歳《とし》くってきて『大きくなったら』って言うかな」

「言わないかね」

「オトナになったらとか」

「ああ」

「学校出たらとか、社会人になったらとか」

「はあ」

「普通はそっちじゃないの？　というのが疑問」

「なるほど表現的に。でも俺オトナというのはよくわからないので。『おっきくなる』ほうが個体差あってよさそうでしょう、無限大とかまで行きそうでしょう、可能性が感じられるでしょ？」

「おまえの今のセリフはね」

「独創的？」

「ちがう。ちょっと苦しい。言い張りきれてない」

のほほほほほと諒が頭をおさえて笑った。

「バレたぁん」

「考えながら喋《しゃべ》ってるから、理屈を。バレるそれは」

「あらいやん」

赤くなって鼻のあたりを隠してる。

なんで諒がそれを訊くのかはわからない。

何かウラで誰かとそんな話をしたのかな。そういう気もした。

眩《まぶ》しい夕方の光が入ってくる校舎の廊下で、あたりまえみたいにいまは同じ制服を着て、帰り支度をして、隣同士に並んで歩いている。

なるべく一緒にいよう。

離れて、別れて遠くにいる時間があれば、そのせいで、わからなかったことがわかってくる。

知らなかった気持ちがわかる。

「二つめは？」

「……二つめは、単にそれ俺に対する凄《すご》いイヤミなのかなという疑問」

「あああああああ!!」

「なんだけどまさか諒がそんな悪質なことを」

「いや、おっきくなるよう亮介は本当に。へーきへーきまだ伸びる、まだ高校二年生、こっからが伸びざかり。カルシウム摂《と》ってればすぐ」

「言うかもしんない」

「うふふふふふ。言わない言わない言ってない。ちょっとね、俺ね、あなたが好きなだけ。ど－してもサービスしてしまうのね」

ブキミな笑い方やめろよと言って俺が指で斜め上の顔をはじいたら、大袈裟《おおげさ》に逃げてキャーッと悲鳴をあげていた。

「『おっきくなったら』昔は、動物園の園長さんだったかなあ」

「動物園？　好きなの亮介が？」

「あんまり深く考えてなかったんじゃないかな」

「猛獣使いなところはあるんじゃないかねキミは」

「戦時中に動物を毒殺した話があってさ。……よくわかんないなごめん」

「うん」

「悲しい場所だなと思って」

「……そんで『園長さん』に、目標がダイレクトに行くかね？　童心で？」

「何なんだろう？　わかんない。園長さんの年収がいくらとか、資格は何が必要とか、そういうことは全然わかんないからさ。ただ、大きくなって自分がなるならって、幼《おさ》な心に思ったのは事実」

「俺は幼な心に、その象のトンキーと花子のおはなしを読んだときはタイムマシンが欲しかったね」

「ああ。そっか」

「ドラえもんを連れて行きたかったね。それで悪い戦争をしている悪い大人たちをやっつけて平和をとりもどすのだ。正義の味方になりたかったんだねえ、きっとね」

「そうか」

おまえは今で充分に、そうなれていると思ったけれど。

諒は違うと答える気がしたから、言わなかった。

「——なりたいものは、あると思うんだ。たぶん。いろいろ……」

「今？」

「今。今から、大きくなったら。でもきっと……」

「絵を描く？」

「描きたいけど描いていけるかはわからない。まだわからない。俺は、早く結婚して、自分の家庭をもってっていうふうに思うから収入は必要だし」

「うそ。早すぎないのかその人生設計は」

「家庭をもつのと、窓をひとつ確保するのは決定」

「ううわあ……」

みぞおちに入ったわあと諒が呻《うめ》いた。

――ふたりで笑った。

できるだけ一緒にいよう。
いつまでか、だれも知らないことでも。
だれも決められないことでも。

(悲しいんじゃないんだ)
真夜中の片隅に独りきりで、どうして泣いたのか、
あとになってわかった。
目が醒めたわけを、わかった。
(悲しいんじゃないんだよ)
まちがえそうに。
とても似ているけれど。
だから大丈夫。
俺のことを心配しなくていいんだよ。

胸のなかに今はひとつ、光を置いている。
眩しくて強い光が、必ず、宿ってる。

part 2『ESCAPE』

「ひとつ条件がある」

　きまぐれな一言で、精神の水面をたやすく揺るがせる。

「それができないなら、もうおまえの頼みは聞けないな」

　前触れなしに、早すぎる最後通牒《つうちょう》をつきつける。つめたい指先を絹のなめらかな膚《はだ》ざわりの手袋に覆い隠して、外界の季節を拒むがごとき漆黒の衣に全身を包み。

　――どれほどに疵《きず》つけようと。

　ゆるされる。

　契約証書は常に手中にあるも同然だと……。

　互いの、どちらから先に決めたのか。真実は知られない。


　因縁の奥底に、もしも運命の作為がひそやかに埋蔵されていたとしても、導かれた軌道《レール》をあゆむ怠惰など、とうにきりすてた。

（自由に）

　さからえぬ潮流や逆波など、既にありえないのだ。選びとる岐路のままに、広範な荒野だけが眼前にひらけるということが――たったそれかぎりの簡単なことがなぜ、呪縛のうちに昏《くら》く、幽《かそ》けく、うしなわれゆくばかりであったのか。

　いきゆくことが。

　斎伽忍《さいがしのぶ》と名づけた身を以て。

「そんなもの、いまだかつてねえ……順当に聞いていただけたためしを思いだすほうが、円周率五十ケタ数えるより難しいですわ」

　このうえもなく眉間をゆがめて憮然《ぶぜん》とした表情をつくりながら水沢《みずさわ》諒が、ささやかな抗議をこころみる。

「悲しいな」

斎伽忍はひどく端的な——演技であれば迫真の域にランク付けられるだろう——憂いを色濃く乗せたまなざしで相手を流し見ると、晒《さら》されていた左掌を も黒色の手袋におさめる。ごほほんと諒が渋い顔を保ちつつ咳払《せきばら》いをした。

「もちょっと信憑性《しんぴょうせい》のある威《おど》し文句を使っていただきたいものだわ。なんかこう、もやもやして気持ち悪いですわ、それ」

「自虐に磨きをかけたいのかな」

「フェアな勝負をこころがけておるだけです」

「僕とおまえが?」

「俺が! 孤独に! 一人で! 現時点は!」

「まさか。この僕がおまえをひとりにしておくわけがないだろう、馬鹿だな」

「馬鹿ってゆったら自分が馬鹿」

悠然と告げた忍に、決死の科白《せりふ》できりかえした諒の周囲を、重力が変化を起こしたかのごとき沈黙が襲った。


「……………………………………すいません」

「面白い、と褒めるつもりだったのに」

「おまえその態度と言動の不一致までなんとかしなさいね、まじでほんとに誤解よぶからやめなさいね心からもー力いっぱい俺が忠告しておくが!!」

「ありがとう」

だーもー疲れるわHPいちまんてん減ったわ、とフローリングの床に行儀悪くしゃがみこんで諒がぶつぶつと吐きだす。新装の九〇七号室、新調したサイドテーブルから斎伽忍は仕上げのマフラーをとりあげるが、ふと考えを変えたように手をとめた。

「これは持っておいてくれ」

カシミアの柔らかいマフラーが、室内の宙をひらめいて、みごとに諒の頭上へと落下する。これが真冬の厳寒のなかであれば、ありがたくもあれど。

「もひとつ言っとくが。外気温、三十五度!」

「それはいい」

「あそ。まあ、あんたとおんなじ恰好《かっこう》しろと言われるんでなけりゃ俺は迷惑しないんで結構」

何処《どこ》へ……とは、諒は尋ねない。

黒衣裳《いしょう》に、理不尽な重装備で、おもむく先は常態の者を阻む場所。

異界。

だれに逢《あ》いにゆく？

（そんなことは）

詮索《せんさく》する義理もない。横文字のブランド名が入った季節はずれのマフラーを首のうしろにひっかけて、諒は拗《す》ねた姿勢からもとどおりに立ちあがる。

告げられもしない。

「んで何が、条件ですって？」

口にしない懸念とは離れた、本題のほうへひきかえして、問いかけた。さらりと前髪を払うしぐさで首を傾け、シンプルに斎伽忍が応じた。

「それならもう済ませた」

「……あん？」

「目印だ」

忍の双眼が示す方角にあわせて、両手につかんだマフラーのはしを諒も眺めおろした。

「…………。は？」

いやな予感を察知しつつも、わざとしつこく訊きかえす。

「僕の還《かえ》るまで。いいね」

「……………………。は？」

「うっかり僕が、次元の隙間に迷うと困るだろう」

「……………………………………。だろうって同意を求めないでほしいんですけど私に」

「零地点の波動を刻んである。僕の命綱だと考えて、肌身はなさずにおくように。それが条件だ」

頼むよ、と真顔でつけくわえると、見るだけでも暑苦しい闇色のロングコートをすずしげにひるがえし、けちをつけようのない整った歩みで部屋の出口へ進みだしてゆく。

握ったカシミアの感触を呆《あき》れはてた感慨をもって味わい、非難する言葉もみつからずに諒はその背を見送っただけだった。

「……俺はあんたのピットかチェッカーフラッグですかい」

「諒。もっといい表現があるのに、もったいないとは思わないのかな」

最後に、立ちつくす諒を置き去りに出てゆく斎伽忍が、手袋のかたちを直しながらふりかえり、幼い子供を諭すかのように言いのこした。

「約束、というのさ」


「何やってんの？」

炎天下、いったい何の根性試しかと、七瀬冴子《ななせさえこ》は異様な挑戦者《チャレンジャー》をみつけた態度であからさまに三歩ほど渋谷駅ハチ公（の家族）前というポピュラーすぎる待ちあわせ場所から後ずさっている。

「ちょっと待てい待ちなさいっ」

「あんたほんとに何やってんの!?　今日、最高気温三十六度こえてんのよどういう酔狂なの何のまじないなの減量でもするつもりなの!?」

「いや。あのね。冴子さんね……」

「信じられない信じられないっ、だったらなんで戸外で待ちあわせなのよ冷房きいてる店か何かにすればいいじゃないの馬鹿じゃないのあんた融通きかないっていうかハッキリいって理解不能よ!!」

「理解できるように説明する準備はあるんだがな俺もな!!」

「してよっ!!」

「だったらその口をふさいで人の話に耳を傾けんかい、道徳の基本じゃろがっ」

「黙らせんのがあんたの仕事でしょ、そこんとこ手をぬかないでほしいわねっ!!」

道理が通ったとは思われないが、しかし一喝の勢いでまさったのは冴子のほうである。

滅多にないことに——呼びだしたのは諒なのだ。

（道玄坂、駆けおりてくるあなたを見てたんですが

ね一応)

携帯でつかまえたらソニープラザ周辺にいると言うから、ならば駅前ハチ公で待つのも苦ではないかと、考えて。

「あのな。このミョーな恰好であちこち歩きまわる私の身にもなってほしいのだ」

「なりたくないわ。真夏のマフラー男の心境なんて」

ごく正直に顔をしかめて、冴子は遠慮なく言い捨てる。

「バカだもの」

「しかたなかったの!!」

「何がどうしてよ話してごらんなさいよ、正当に納得いくように、きっちりと!!」

半袖Tシャツの上に首からマフラーという状況も充分に人目をあつめがちだが、けれど息はずませた絶世の美少女が真紅の怒りにスパークしているさまもまた、違う意味でめだたせたくないものだ。誰のせいだと思っとるかね、と返す言葉を諒はやむをえずしまいこむ。

「なんだか俺、これで、灯台らしいんですわ」

「東京大学?」

「冴子さん。それ天然すぎ」

「わかんないわよ!!」

汗だくになって、スカートにためらわずに、電話の時間から寸分おきもせずにかけつけてきた彼女の、跳ねたウェーブの毛先を指でつまんで。

「それより現在こそ冷房アイウォンチューですわ」

「……冷《レイ》コーおごりね!!」

「なんでそんなおやじくさい言い方するの君」

「流行《はや》りなのよっ。女子高生なりに!!」

「ああ。働いてるねえ。小金かせいでるねえ」

「なんかヘンな商売してるみたいな言い方やめてちょうだいっ。あ。アイスたべたい。すごくいま食べたい。サーティーワンのがすっごく」

「それは冷コーと一緒に足してコーヒーフロートと

いうわけには、いかんの？」

「ぜんぜん別よっ。わかってないわねあんたっ」

怒鳴りつけられながら、はいはいと答えて諒は先に歩きだす。

（誰のせいかねえ）

こんなもので交換条件になど、ほんとうは、なりはしないのだと知っている。

困った性格の、意地の悪い、不器用な兄妹の。

たとえそのどちらに禁忌の領域を破って、罪深く、触れたとしても。

「でもこれ見覚えあるのよね」

遅れて隣におこいつく冴子が、上質素材のマフラーのはしをつかみあげて、ぼそりと鋭く、呟《つぶや》いた。

part 3『LUCIFER』

銀色の厚い指輪を左手の指にする。

しあわせになれるよう、に。


くちびるをさわる癖が直らない。

乾いた言葉を吐きすぎた後遺症のような。

なにかをひどく忘れて、代わりのなにかをひどく憶《おぼ》えている。均衡《バランス》の悪さを無言で罵《ののし》る。

乗り慣れた電車を、馴染《なじ》みきった駅でおりて、花を買う。

白い薔薇《ばら》を。

「花束……」

愛想のいい花屋の店員に語りかけたとき、一千年ぶりに声を発したような錯覚に、希沙良《きさら》はわずかに沈黙する。

「って、できますか」

左手の中指に嵌《は》めた硬い指輪を、自分の唇に触れさせてみて、まだ喋れるのだと思う。

まだ。

そんなふうに確認する。

「ハイ、承りますよォ、どういう感じになさいますかあ、お祝い事ですか、それともお見舞いかしら」

花屋のおばちゃんに、いそいそと気前よく、丁寧に、対応される。

優しい。

「誕生日……なんで」

「まあ。嬉《うれ》しいよねえ、こんな色男から誕生日に薔薇の花束！　彼女冥利《みょうり》だねえ」

「ああ違う。……母親」

嘘だけれど、嘘ではない。

「あらあ」

日に焼けたおばちゃんの顔が希沙良を下から覗《のぞ》き

こんで、にっこりと笑った。

「いい子だねえ」

「……そう、かな」

「おかあさん喜ぶよお。いい息子だよう」

褒められることや、ただの単純な優しさに、いまは弱くて。

希沙良はかすかに笑う。笑うこともできる。

真夏の眩しく白い景色のなかに立ち尽くしても、そこに他人がいることを、感謝する。

くだらない世間話と無駄な挨拶でも。

「暑いねえ」

透明なセロファンをひろげて、器用な手さばきで白い薔薇と、かすみ草をあわせて束ねて、きちんと整ったかたちを作ってくれる彼女が、この高い気温など苦もなさそうに明るく言う。

「うん。すっげ、暑いな」

「若いんだから気張りぃな」

「って、俺、午前中、炎天下で部活して」

「わあ。かわいそうだ」

「かわいそうなんだよ」

「がんばりな」

誰から貰《もら》った指輪なのか、忘れた。

たぶん名前も記憶にないくらい、どうでもいいと思っていた女から。

それほど高価なものでもなく。

外国人の露天商が、あちこちで売っている類の。

シルバーの、悪くないセンスの指輪が。

急に、気に入って。左手の中指に嵌めた。そうしていたら、テニス部の後輩たち（当然、女子）が目ざとく見つけて、和泉《いずみ》センパイそういうのスッゴク似合いますぅと話しかけてきた。あのう、それ、恋人サンからですかぁ。（キャーッと後ろで賑《にぎ》やかな悲鳴付き）

——じゃねえよ。いま俺、いねえし。

嘘ォーっ、和泉先輩がフリーッ。

ホントなんですかあ。信じらんないい。

——ホントに。

なんか、ただ、指輪、最近、好きんなって。

それだけだから。

「あーあ」

マネージャーの新藤広美にそのやりとりを地獄耳で聞きつけられて、あとで大仰に溜息《ためいき》をつかれた。

「来るよ、いっぱい。貢ぎ物で、指輪」

「……そしたら、嬉しいから使うんじゃねえの」

「嬉しい？」

広美がきょとんとしたようだった。なぜなのか、その理由を考えたりはしなかったけれど……。

（あいつだったのか）

不意に、いまごろになって希沙良はその可能性に思いあたり、鈍いなと自分に呆れる。広美だったのかもしれない、左手の指輪の贈り主……。

安曇陽子《あずみようこ》とは物のやりとりをしたことがない。友達だから。一緒に遊んでいる時間が長くても。区別が、ある。きっと、広美《そう》なのだろう。


（悪《わり》ィ）

後悔ばかりしている。

あとから、そのときには追いつけない。

「ハイ、できましたよ。お待ちどおさまでした」

綺麗《きれい》な花束を受けとって、希沙良はありがとうと呟いた。足りない気がして、もう一度、相手に聴こえるように言った。

「どうもありがとう、な。おばちゃん」

「がんばりな」

花屋のおばちゃんは口癖のように普通に、笑顔でそう答える。さっきと同じことを。希沙良は、俺はどうしてそんな些細《ささい》なものに飢えているのだろうと思う。漠然と、なぜなのかと思う。

貰ったレシートを捨てた。

白い薔薇が欲しいと、夏江《なつえ》が言っていた。

誕生日には白い花がいいのだと……。

花束、あなたが抱えてくるのが、見たいのよ。

とっても綺麗で素敵よ。絶対。

(そうかな)

謝りたいから……とは、口にできなかったけれど、リクエストどおりに花束を贈りにゆく約束をした。

今日の午後なら、ひとりでいると夏江が言った。

受験生の一人息子は、このごろは予備校の集中講習と図書館通いで、夜中まで帰らない。

まるで今しかそうする機会がないように勉強をしていると、夏江がささやかにその近況を伝えた。

そうかもしれない。

きっともう、今しか、十九郎《じゅうきゅうろう》には時間がない。

(どうなるんだ？　これから)

心臓ひとつ、預けても。

おまえのためになら戦ってやる。

約束した、つもりでいる。

左手の指輪のように、いつもそのしるしを握りしめて、確かめたいと希沙良は願った。

指で触れたら冷たく硬く、輝いて、かたちがあるものならば、いいのに。

白い夏の光のなかに、立ち尽くす。

「え？」

口を開いたが、それが肉声になったかはわからない。

相手も同じだった。

自由が丘の駅から徒歩で十五分ほど。

こざっぱりとした十階建てのマンションの、入口を過ぎて、八階に停止しているエレベーターを呼びおろそうと希沙良がプレートに触れたときだった。

出会うはずがなかった。

予兆もなかった。

「…………」

希沙良は乾いた唇を舐《な》めて、適当に似合った言葉を捜したが、みつからなかった。

黙っていてもいいのではないかと思うほど、なにもみつからずに、ただ隣に現れた相手を見ていた。

十九郎もわずかに、視力を補いでもするように、片眼を細めて、先客としてそこにいた希沙良のことを見た。だがそれが不快感の表明ではないことを自分は知っていると、希沙良は思っていた。

けれど、もう自分の直感など決して信じるまいとも、希沙良は考える。

ここで出会うはずがなかった。

「…………。誕生日に？」

花束を含めた希沙良の姿と、背景となる情報を総合して、十九郎のほうが先に、状況を読みとる言葉を発した。希沙良は頷く。

「そうか。ありがとう」

「…………」

「会いたがっていたから、よろこぶよ」

「見舞いじゃねぇんだから……」

「うん」


つい自然に反論してしまった希沙良に、十九郎が反省したように首肯し、苦笑いした。希沙良は眼をそらす。エレベーターは既に一階に降りてきている。扉が開いたが乗らずにいたら、自動的に閉まった。

「何、してんの、おまえ」

訊かねばならない理由はないのに、訊いている。十九郎が答えるまでに、微妙な間をおいた。

「忘れ物を、したんだ」

「ああ……」

ありがちな悪い偶然だ。希沙良は溜息をつくが、十九郎が淡々と言葉を続けた。

「財布を」

「——何やってんだよおまえ!?」

さすがに呆れた。ふりかえって怒鳴りつけたら十九郎もその言われ方に、少し、静かに笑った。

（馬鹿——）

このごろそうなんだ、と十九郎が言えばいい。

このごろ。

おかしくなっていると。

言えばいい。

（そしたら赦《ゆる》してやる）

何を？

希沙良は滑稽な物事の隙間に填まりこんだ心地で、眩暈《めまい》をおこしたくなる。だが仕方ない。仕方がない。

自分で選んだ。

（なんでこんなことになってんのか）

わからない。わからない、本当になぜこんな奇矯な狂った思いをしているのか、そうせねばならないのか。わからない。

本当にひどく些末な、些細な、つまらないようなことが二人の間に立ちふさがっているのが。わからない。

笑いたくなる。

（どうしてこんななんだ）

哄笑《こうしょう》して、蔑《さげす》んでしまいたい。自分ごと。

ふたりとも。


「希沙良」

十九郎が、希沙良から視線を外さぬままで、口をひらく。

「来週、会えないか。予定が、あいているときに」

「…………」

え？　と、希沙良は問い返そうとした。渇いた喉が開かずに、空白がその数瞬を埋めた。十九郎がそれを待たずに、さらに告げた。

「全員の時間を合わせて、集まりたいことがあるから……」

「!!」

片手に握っていた花束を包んだセロファンが、ばさっと大きな音をたてた。透明な、その素材で美しく整えられた花束を横殴りに目前の相手に叩きつけてしまってから、花屋に悪いことをしたと希沙良は現実より遠い場所で思った。

丁寧に、作ってもらったのに。

「その理由を先に言えよ!!　馬鹿!!」

「…………」

謝罪するかわりに、十九郎はややうつむいたようだった。無言で、頬から胸元へと斜めに叩きつけられた薔薇の花の重みを、てのひらで支え起こし、希沙良の手中へと戻した。

「棘《とげ》が、あるものなんだ、希沙良」

「——あっ悪《わる》ッ……！」

「嘘だよ」

反射的に顔色を変えた希沙良に、十九郎がすかさず応じて、話を断ち切った。

「嘘だよ。ごめん。大丈夫だ」

十九郎がそう言うたびに必死に口をつぐまねばならない自分が、おかしいと希沙良は思う。

そこから、捻《ねじ》れている。

根の、部分から。

かたちの崩れた花束を眺めやり、希沙良はふたたび深い溜息を吐きだす。もう駄目なのだと思う。

もう、そこが、駄目なのだ。


「……帰る。出直す」

「俺のほうがひきあげる。いいから。行くんだ」

呟いた希沙良に、十九郎が厳しく、うながした。命令する。

「約束したなら、守るんだ。こんなことで帰るんじゃない」

こんなことで——。

夏江に、余計な心配をまた、させてしまうだろう。

わかっていた。

希沙良にもその理屈はわかった。

「——財布」

「カードがあるから引き落とす。足止めして、悪かった」

「——来週だろ。午後ならいつでもいい」

「わかった。連絡する」

彼の声を背中に聴いて、エレベーターに乗る。

閉まった扉をふりむいたら、そこにはもう誰の姿も見えなかった。

七階へ行くためのプレートを指で押す。

ひしゃげた花束を少しでも元へ戻すように、ぱりぱりと鳴るセロファンを不器用に伸ばした。

白い薔薇の花弁のひとつが、わずかに赤い。

希沙良は眼を凝らし、やがてすぐに気づいた。誰の流した血なのかと……。

(棘が、ある)

嘘を、それでも。

つく。


「嬉しいわ」

エレベーターが七階に停止したときには、もう通路の奥から三つめの扉を開いて、夏江が出迎えてくれていた。

勘のいい彼女のことだから、階下で何があったかも、本当はわかっていたかもしれない。それでも、特に尋ねることもせずに、笑顔で、ありがとう、なんとあたしのお手製のケーキがあるのよ、お茶をいれるわね、と言った。

夏江がどんなに無力かを今の希沙良は知っている。

わかっている。

なのにまだ。

(泣くな)

優しくされることを望んでいる。

このままでいいと肯定されることを願っている。

(甘えるな)

どうにもならない――。

傷つけた、証拠の残ったその花一輪を希沙良は右の拳で握りつぶした。衝動的に。一瞬に、白銀の微光に灼《や》かれてそれは塵《ちり》と化して消えた。

なんでもない。

こんなのは、なんでもない。

「悪ィ、夏江さん……」

大好きな、自分の支柱にいる、大切な、そんな夏江にむかって希沙良は小声で詫《わ》びる。眼をあげて相手を見て、届くように。聞こえるように。

「あんまりキレイな花じゃないんだ」

乾いてかすれる声で、それでも。

嘘をつかぬように。

「ごめん」

——ここにいても、もう決して子供のようには。

安らげるわけがなかった。


「この貧乏貴族な俺様に借金する里見《さとみ》君とは、どーゆーことなのだ」

青天の霹靂《へきれき》か、と西城《さいじょう》敦《あつし》がちゃかすように言った。

「知りあって六年目にして初めて見てしまったぞ。持ち金のない里見十九郎とな。俺は今、かーなりラッキーな心境だな。やったー!!」

「なんとも釈明はできないな」

十九郎が心底から、そう答える。

しかし図書館で合流するなり前代未聞な頼みごとを口にした自分に対して、まったく気前よく千円紙幣を五枚ほど突きだしてきた親友に、十九郎は深く感謝する。五枚のうちの三枚を返却し、残りをありがたく借用した。明日には必ず、お礼も含めて、と約束する。

「まあよい気にするな。俺は里見君のネジが時々このよーにパカッと外れるのを見るのが大好きなのだ。はははははは！」

「観察対象としては魅力に欠けないかな？」

「何をおっしゃるのあなた。最近あっちこっちのネジぼろぼろだぞ、君。いつ『どんがらがっしゃん』になってもおっけーだぞ。面白くてならない」

冗談を装うが、西城の観察力が暗に、何を鋭敏に嗅ぎとり、何を案じているのか、十九郎は自覚するとともに推察もする。

西城は頭がよすぎるのだ。

それゆえに、十九郎が最も、他人からの、心配という名の干渉を憎むことも知っている。

拒絶の二文字を読みとる。

「なんでもないんだ」

友人として冷酷すぎると、自認しながら、十九郎はいつもどおりの回答を口にする。

「こんなことは、なんでもないんだ」

西城は黙って聴いている。

十九郎が、まるでここではないどこかへ向けて呟くのを。

黙って見守っている。

「ごめん」

part 4『BETTER DAYS』

このごろ指をつなぐのが好きで。

人差し指と、中指を、そっと一緒に触っているのがいい。

力一杯、掌をつかんで握りしめなくていい。

不安と心配でどきどきと胸が鳴る、そんなときどうしたらいいかわからなくて焦って、動揺して、うんと強く痛いほど繋《つな》がっていたくなるけれど……。

「所帯じみてるって言うの。ひどくない？」

クラスの友達にからかわれた話を。真夏でも冷たい飲み物のとりすぎは健康に悪いからという理由でホットの紅茶を飲みながら、きみが言う。

「おちつきすぎてるって。なんだかね、銀婚式の夫婦くらいに堂々と、肝がすわっているみたいに見えるって。あたしが。ひどいでしょ？」

紅茶には砂糖をスプーン半分だけと。

レモンのかけら。

「もう。初恋なのにな。一応」

「ほんとに？」

頬杖《ほおづえ》をはずさないで、ぼんやり訊いたら、狭いテーブルの正面から上目遣いにこちらを見て、本気ではない睨《にら》みかたをする。

「あ。聴いてた」

「なんで。きいてるでしょ、ずっと」

「だって黙ってるから。崎谷《さきや》君だけの夢でも見てるのかしらーって思いました！　ごめんなさいね」

「なんで。なんで俺だけの夢なの？」

笑って話す。

ガラスのなかの世界みたいに光って、綺麗に澄んでゆく、まぶしさの。

反射する色彩を瞳のレンズで見ている。

永遠にきっと脳のどこかにファイルして、消えない景色。

デジタルカメラより鮮明に。

のこるから。

だから、いつかとても描きたくなるんだと思ってる。

格納しきれずに、あふれる。

俺ひとりだけの夢なんか、ないよ。

「崎谷君の眼が、あたしにも同じ眼が、あったらいいのにな」

「そう?」

「たくさん、視《み》ているでしょ。今だって。見えるものの絶対量が、違うわけでしょ」

「うん。でも……。やっぱり見たいものだけ見てる」

「そう?」

「うん」

「じゃあ同じなのかな」

「うん」

初恋なのにな。


(優しくなりすぎないでね)

何度も、きみに言われて。

泣きたくなるような気持ち。

(あたしだけの崎谷君じゃないのよね)

ごめんね。

かなしくなる気持ち。

ごちゃまぜに胸の底に溜《た》まったきり忘れないでいる。だけど、大切にしてるんだと言いたかった。

「良い天気」

窓の大きな喫茶店の、外の街並がくっきり見えるあかるい陽射《ひざ》しを眺めてきみが言う。

明日も会いたいね。

ずっと。

いつも奇跡みたいに想《おも》ってる。

「好きだな」

頬杖をついたままで普通に言えることを。

奇跡だと思ってる。

ほんとうはいつでも、ずっと。

「亜衣《あい》ちゃんがとても本当に、好きだな」

「もう」

さっきと違わない不満顔で、きみが、さっきより半分に減った紅茶をスプーンでかきまわす。

「初恋なのにな」

「銀婚式？　そういうの、いいんじゃないかな」

「もっと欲張りなんです！」

女の子はね！　と、きみが念を押す。つられて、一緒に笑う。

「むずかしいなあ」

「簡単でしょ」

「むずかしいよ」

「ぜったい、簡単です」

「映画、どうしようか」

「あたしね、今週の『ぴあ』持ってきたの。待って」

「スター・ウォーズさ、観《み》たくない？」

「言うと思った」

「なんでひとのこと先読みしてるのかな」

「水沢君、誘ってあげたほうがいいかもね。〈帝国の逆襲〉しか観てないって言ってたから」

「なんでそんな馬鹿な順序で観てるんだろ……」

「水沢君って、そういうところあるのよね。全般的に、総合的に、毎度毎回、懲りずに、そうよね」

「厳しい……」

「本当のことを言っただけだもの。でも、あたしたち、べつに仲は悪くないのよ」

「知ってます」

「電話してあげようかな」

「今から？」

「だって、かわいそうでしょ」

テーブルの上に紅茶と、開いた雑誌をそのままにして、店のなかの公衆電話に、きみがあっさりと歩いていくから、ほんとうに参りましたと俺は思って、ひとりでやっぱり笑ってる。

店内に飾られた緑葉樹の鉢のむこうで、つながった回線ごしに何かを少し喋って、きみがそこから俺のほうをまた、本気じゃない睨みかたで、ちょっと怒ったみたいに見た。——だから、横を通りがかったウェイターに手を挙げて、新しい紅茶を頼むことにした。

【1997.8】

《super love ex》

side A

泥まじりの雨水を跳ねとばして走った。

どしゃぶりの凄《すさ》まじい滴の連打が尖《とが》った散弾のようだった。

優しい掌をはねのけてきた。

ゆるされたくなかったから。


真夜中のアスファルトに靴底のラバーをぶつけて、濁った雨に濡《ぬ》れて、走った。

午前三時。

ランプのついたタクシーと大型の輸送コンテナばかりが暗い車道をゆく。

眩《まぶ》しく洩《も》れてくるコンビニエンスストアの照明を避けて、走った。ねぐらへ一直線。

まるで鼠《ねずみ》のように、みじめに。

罪にまみれてばかりで。

(もう、こんな淋《さび》しい世界《ところ》にはいられないよ)

また。

——ひとをころしてきた。

確かな手応えで。

大義も名分もなく間違いのない私欲のため。

いきるため。それだけのために。

(俺のいもうとはねえ)

(花が枯れても涙をながすほどやさしい)

轟音《ごうおん》とともに駆けぬけてゆく巨大な車輌《しゃりょう》の双つ目のビームライト。射る光。

横断歩道の直前で踏みとどまらず、トラックの鼻先をまっすぐにつっきった。クラクションは不要。

けっして轢《ひ》かれなどしないから。

(俺のともだちはねえ……)

(俺のかわりに涙をながすほどやさしい)

もう、麻痺《まひ》するほど殺してきずつきもせずに立っている肉体。特異な『才能』を得て生きている。特殊に異常化した能力と本能。

　なんと運良く幸運に。

（俺の……）

共犯者を名乗るほどやさしい女、ひとり。しっている。

「御免だねえ」

どうか憐《あわ》れまずに。

さげすんで嗤《わら》って。

役にたつ道具のように利用《つか》って。

（どうか泣かないでください）

こんな淋しい夜。

どこにもいられない。


————嘘《うそ》つき。

たたきつける氷のような雨が、嘘だと責めた。

愛、されることを、憶《おぼ》えている。

愛、することの刃《やいば》の鋭さを。


もう、こんな代償行為《ごまかし》はやめてしまえばいい。

すべてが神の指に紡がれた運命だと、帰依して、ひざまずけばいい。May the Lord be with me.

　疲れと寒さに凍った膝《ひざ》で無人の階段をよたよたとのぼり、水分の重量で皮膚に貼りついた服は拘束衣のように不自由に四肢を縛り、木偶《でく》人形の動きで吹きさらしの扉の鍵をひねり、つまさきがこじあけた隙間に身体全体をあずけて真っ暗な部屋の内へ、右肩からどさりところがりこんだ。

　雨に浸った前髪から頬と顎《あご》をつたわって水がこぼれおち、埃《ほこり》っぽい玄関の床に溜《た》まる。みるみるとひろがる黒色の沼になった。泣けない道化師のとりつくろった贋《ニセ》の涙の池。

　真似事《まねごと》のように。

（ごめんなさい）

謝罪のきもちは拒絶したあの悲しい手のためにしか生まれず、殺した相手の顔はもう知らない。救われたい自分のためにしか救いを求めない。

be with me.

かじかんだ右掌で額をぬぐった。そのまま両眼を塞《ふさ》ぐ位置まで指先をひきずりおろした。まるくうずくまって雪山の遭難者のように慄《ふる》えた。眠れば死ねるだろう極寒の闇に白い息を不規則に吐きだした。

「凍死者の始末は、僕にはできないな」

ふいに、正しく真実を告げた神の声を間近に聴いた。すぐ近く。

閉ざした瞼《まぶた》の裏にも克明な幻が浮きあがるほどに。

こうしてかならず。

いつも。

そこにいる。

「……早く死んでくれ」

かすれた喉で、きつく視界を自分の指でおさえつけたまま、暗闇の先にむけて諒《りょう》はそう囁《ささや》いた。暗闇の奥底にある眩しく白い影を見ていた。神からの返答はなかった。無慈悲な静寂があった。

「ちがう、嘘……」

告解。

ひどくぶざまな懇願を、地に這《は》う姿で。

「嘘」

決して与えられないもののために。

叶《かな》うはずのないことのために。

祈る。

それこそを祈りと呼ぶのなら。

「嘘。……絶対……」

——永遠の苦行を。

不滅の至福を。

「それは僕にもおまえにも、さだめられはしないことのひとつだよ」

静謐《せいひつ》に溶けこむひそやかな声音で、斎《さい》伽忍《がしのぶ》がそう告げた。指の力を外して、瞼をひらき、諒はその姿を見つめた。

確かにいま目前に在る、無限の、現実を。

「……死なないでくれ」

「難しい望みだ」

「死なないでくれ」

馬鹿のように狂ったように無感情に、くりかえした。

「死なないでくれ」

「…………」

発作だな、と斎伽忍は独白した。変わらぬ物腰を保ちながら。

「諒。できるならばそれを、違う言い方に変えてくれないか。おまえに可能な範囲でかまわないから」

「……タオルください」

「なるほど」

「あと電気つけて、暖房いれて、風呂わかして」

「多大な望みだよ」

「ごはんつくって、ビールあけて、ドライヤーかけて、食器洗って、パジャマ出して」

「要領の点で僕には問題がある要求ばかりだ」

「そんでちょっと一緒にいて」

「……やっと良い回答が出てきたな」


神などどこにも居《お》りはしないのだよ。

のぞむものの瞳の裡《うち》にのみ宿り来る。


——神などは。


冷えた闇に、同化する現身《うつしみ》で、たかが微塵《みじん》の細胞体の集積、不自由な肉の器《うつわ》に閉ざされた一個の人格《ひと》のふるまいで。

みくだす眼差《まなざ》しの枢奥は、天の涯《はて》の星。

抗《あらが》い難く。

そして助力の手をさしのべることはなく、厳然と、忍が言った。
「おいで」

天に炎なきときも魂に光あれ。
永劫に。

Do live alone and live along,
——with eternal love.

side B

神様どうかいつも。

けだかい魂を。


真夜中に誰かが泣くのがわかった。

心の奥底の超次元の力で。

（そんなの特別なことじゃない）


真夜中の三時に、目覚ましではなく、枕元のＰＨＳのベルが鳴った。家族に聴かれぬうちにとびついて受信のスイッチを押した。

「……もしもし……？」

「あのさ」

挨拶のない一言めに、希沙良《きさら》はフッと疲れた息を言葉のかわりに返して、舌打ちを追加に付け、

「オハヨウ」

機械のようなつっけんどんな口調で低く言った。

「ゴザイマース」

「あのさ」

かまわず自分のペースで話すのは、気が利くのか利かないのかわからないA型の特徴か。

「あのさ……ごめんこんな時間に」

「遅い」

寝つかれないままだった頭の前髪を掌で乱暴にうしろにかきあげ、希沙良はベッドのうえにあぐらをかいて座りなおす。

「真っ先に言え、そのセリフ」

「あのさ。家出しようか」

さらに突拍子のないことを大真面目に言ったのは、いまひとつ性格に融通性のない崎谷亮介《さきやりょうすけ》だから、希沙良はもういちど電話口で息を吐いた。今度のは

苦笑いだった。

「……おまえらケンカしてんの？」

「ていうか俺が一方的にムッときてるだけだけど」

「ていうかおまえ、誰に？」

「誰にって、勝手に井戸の底にはまってる状態の諒かな」

「おまえもほんとによく身がもつよな」

「だってさ」

「オンナより苦労してんよな」

聞かなくてもいい。

わかってる。

（どうやったらとどくのかな）

天の星。

めざす光。

（なにが欲しいのかな）

うまく鍵の合わない扉が阻む先の道。

「自転車《チャリ》でさ」

「うん」

「鎌倉とかまで行ってさ。朝焼け見てマックのモーニング食おうぜ」

「うそ。カマクラ？」

「稲村ヶ崎とか。海、綺麗だって」

「それさ。俺、希沙良のうしろの席でいいよね」

「誰が乗せんだよ。てめえ自分で持ってんだろカッチョイイＭＴＢ。俺ぁ三段変速のボロチャリでいくからな。ちなみに俺のやつ荷台ブッ潰《つぶ》れて存在しねえから」

「あのさ。家出やめようか」

「即行、集合場所、渋谷駅モヤイんとこな」

「どうして希沙良んちの近くに設定するんだよ」

「てめえにつきあう俺が偉いから。さっさと出ろよ、じゃあな」

真夏の長い夜。

あけはなした窓の外に暗い熱ばかりが克明に見えて。

独りで眠れない。

（若いんだから止まってらんねえよ）

鳴らない電話を置きざりに、靴一足だけをつかんで、二階にある部屋の窓枠をのりこえて家を出る。

裸足《はだし》で着地したアスファルトのぬくもりが、いやに愛《いと》おしい。

どうしてやろう。

いらいらとすぎてゆく無駄な躊躇《ためら》いを。

案外と狂わずにつづく日常を。

（生きていけんだよ）

不変の悲しみと諦めが、たとえそこにあっても。

いのちは消えない。

（どうしたいのかな）

（なにが欲しいのかな）

（なにをしあわせというのかな）

一番に必要な相手と。

抱きあってくちづけたらラクに済むのか。

たぶんそうじゃない。

（それとも俺が、なにかごまかしてるのか？　怖いのか？）

大声で泣き叫ぶほど子供じゃなくなった。

ひとの心を、涙と弱さであやつれる時代は終わったから。

次のやりかたが、わからない。


冷たく濡れたアルミ缶が、希沙良の背後から、ぴたりと頬にふれた。

「百二十円」

「……金とるなよ」

「貸し」

「だから貸すなよ」

「けっこう涼しいね」

しずまった渋谷駅の真上、どこか薄明るい夜空をみあげて、自販機で買ったアクエリアスの缶を片手に亮介が言う。

センター街にはそれでも絶えない若い人影。

終電のあと、どこにもゆかずに浮遊してさまよう。

眠らない夏の街。

「おまえケータイ持ってる?」

「ないよ」

確信犯的な亮介の返事に、希沙良は苦く唇をゆがめる。

のこしてきた不安と惨めさが、自分ひとりにだけよみがえるようで。

「今あいつらになんかあったらどーする?」

「そしたらきっとわかるよ、俺にも、希沙良にも」

怒ったように亮介が答えた。

「……怒んなよ、そこで」

真夜中に誰かが泣いていることも。

痛く、痛く、つたわる絆。

(そんなのおかしなことじゃない)

疑うことじゃない。

勝手に否定して逃げねばならないことじゃない。

「どうしてそんなこと怖がるんだろう」

亮介がそのままひとりごちた。

「どうして俺のいること無視して、勝手に自分の価値を下げて考えるんだろう。どうして絶対に俺を信じて頼れないんだろう」

「……それは、怪我《けが》してんだろ気持ちに。治ってねえんだから虐《いじ》めるなよ」

「そうだね」

口を一度つぐみ、亮介は反省した顔つきで、希沙良のほうが優しいねとつぶやいた。

だれかの臆病さを庇《かば》うつもりなど希沙良にはない。

自己弁護をしただけだ。

——朝焼けを見にゆこう。

(こんな濃い夜だからだめなんだ)

どんな闇でも必ず終わり輝きだす現実を、みにゆこう。

大きな蒼《あお》い惑星の、生命の約束を。

——海を。

めざしてゆく。


高鳴る海鳥の声をきく。

ちかづく潮のかおりを知ればいい。

くりかえし。

くりかえし。


「だめだよ全然……」

　風をきる車輪の音をアスファルトにひびかせながら、鮮明に浅葱色《あさぎいろ》を光らせはじめる東の空を亮介がみあげて言う。

「全然、まにあってないと思う。鎌倉で夜明けってコンセプト。もう明けてるし」

「どのみち朝マックは食えるだろ」

「あれさ、既に朝焼けじゃないのかなぁピンク色の……って言ってるうちに凄《すご》く赤くなってきたし」

「根性たりねえんだよ」

「極端なんだよ希沙良の考えって」

「だっておまえ東京湾界隈《かいわい》に家出したって何が楽しいよ」

「俺たち、帰り道、おんなじ距離、戻るんだよね」

「……東京湾いっとくか」


神様どうかいつのときも。

けだかい魂を。

ゆめみる力強さを。


青く眩しい風を。

かけぬけてゆこう。——未来《とおく》へ。


【1998.8】

《super love 2》

〈act 1 love blue〉

——もしも、きみに羽根があったなら

濁った、僕の錆色《さびいろ》の両眼が何をうつすことも今はないから。
たとえどれほどまばゆく純粋に、きみの翼が光っても。
もうけっして視《み》えはしないだろう。
だからどうか、
熾烈《しれつ》なかがやきに魂をうたれて僕が遠いところへ
滑落するまえに僕らが此処《ここ》にいた痕跡ごと潰《つぶ》してしまうんだよ。

——〝ああ、ぼくの躰《からだ》なんかなんべん焼いてもかまわない〟

僕が天使であったことを。
わすれて、きみは往《ゆ》くんだよ。
あのころの僕らの、
美しい誓いの為《ため》に。

〈act 2 love red〉

くれないの花弁にくちびるを触れて。

案外と乱雑に、かみちぎる貴方《あなた》のしぐさを見ていた。

散るものは深紅。

「花言葉を知っているかな」

かれが言う。

「いいえ」

嘘《うそ》をついたように思った。

知っていた筈《はず》だった。

わすれてしまったんです。僕の背面の無意識が僕の頸《くび》をおさえてすべてを止めてしまったのです。記憶も感情も理想的《アイディアル》なロジックも。いつか神なるものがつまびいた時間の弦楽に酔わされて、惑わされてしまったのです。なにに、どのように魅せられてどうして岐路の一方を選んだのかも、もうわすれてしまったんです。

はらはらと貴方、赤の風に舞うならば、うつくしい狂気絵の世界が拡《ひろ》がると夢想する。

いまとなればそれだけが僕の精一杯なのです。

嘗《かつ》て酷薄に、僕のまえで貴方が。

あるがままに立つことで、教えたのです。

もとめるならば絶望の泥地にふみいるばかり。

死よりも甘く。

闇よりも。

（どうかいらだたないでください）

（僕の為に、薔薇《ばら》を殺す貴方では在らないでください）

ここにあるものは、遠く天に玉座を仰ぐ身勝手な信奉者の祈り。

（自堕落な使徒たちの有様にキリストは）

それならば、いったいだれがなぜ、使徒を堕《お》としたのですか。

敬虔《けいけん》に信じたであろう者を。

無邪気な子羊を。

いばらによって縛《いまし》め、棘《とげ》もつ花を植えた。

神の罪。

「知りません。赤い、薔薇のことは。花の色が黄色なら花言葉も憶《おぼ》えているんですが……。すみません」

「おまえにもわからないことはあるんだな」

「背伸びをやめただけです。俺は本来、贅沢《ぜいたく》と怠惰を好む性分なので。どんなことでも、ひとに教えるよりも、だれかに教授されるほうが楽だと気づいたので」

「成程《なるほど》。僕から何を知りたい？」

「さあ……」

もうわすれてしまったんだよ。

そんなすべてを。

「斎伽《さいが》さん」


だから僕は立ち上がる。ひとりきり席を立つ。与えられた器に、満たされていた熱い琥珀《こはく》の海は、すでに時の経過とともに喪《うしな》われて、のこっていないから。

いま、貴方から去る以外に、なすべきことがあるだろうか。

「美味《おい》しいお茶を、ありがとうございました」

「紅茶《それ》なら、おまえがいれたんだよ。ゴールデン・ルールは承知していると言って」

「俺は、あなたを鑑賞していたので。その御礼です」

いらだたないでください。

けっして、僕は貴方をきずつけはしないだろう。

「おやすみなさい」

貴方は敢然といるだろう。

いつまでも。

微塵《みじん》の瑕《きず》もなく、うつくしいだろう。その滅び死ぬ一瞬の最後まで、けがれなく眩《まぶ》しいかがやきだろう。おそろしいほどにそれは純粋な真実だろう。貴方をみることで僕の瞳が焼け爛《ただ》れ、贋《にせ》の翼をつなぐ蠟《ろう》が熔《と》けて、この躰が塩の像と化して、そのように僕が罰されるときにも。

「それで何処《どこ》へ行く？」

「さあ……。西へでも落ちのびるかと。個人的に、行きたい大学が京都にあるので、迷っているのは事実なんです」

「十九郎《じゅうきゅうろう》。おまえが僕に、厄介をかけたいだけだということはわかっているよ」

かれが言う。たやすく。

僕は笑う。

「ありがとう。俺はそういうあなたが好きです」

〈act 3 flowers〉

「俺とおまえの間がこじれる理由なら知っているんだ。だから、もういい」

十九郎が、そう言った。

「馬ッ鹿じゃねえのか」

心底から希沙良《きさら》は吐きだす。

「理由ってのは知って安心するためのもんじゃねんだよ。わかって、その先に何か良くするために使えよ、そういうもんは」

「いやだ」

シンプルな三文字で十九郎が答えた。

一瞬、希沙良は、両眼をきつく瞑《つぶ》る。かれの拒絶をやりすごす。

正直すぎることばに、まだ馴《な》れない。

「俺が改善努力に汲々《きゅうきゅう》とする姿を見せつければ、おまえは気分が良いかもしれないけれど、できないことをできると標榜《ひょうぼう》する自分自身を俺は見たくないよ」

「そうじゃないだろ」

ためいきをつく。

「おまえのせいで俺の気持ちがどうなるかじゃないだろ。おまえの心ん中がもっと……今より、もっと……」

「もっと健全に？　良識をもって、人として正しく？　何のために？　よくわからないんだ」

「おまえのために決まってんだろ！　おまえがぜんぜん今、幸せそうじゃねえから……」

「それでおまえが迷惑するなら遠くに行けばいい」

「いやだ」

今度は、希沙良が言い放つ。

「俺だって勝手だからな、おまえと同じくらいには」

「ほら」

十九郎は静かに指摘する。

「やっぱり、おまえはおまえのために俺を変えようとする。だけど、俺には、おまえに都合良くなることはできないんだ。できない約束をしたくないんだ」

だから堂々めぐりになってしまうのだと思う。

(うそつき)

(きみの羽根は輝かしいままなのに。もはや僕が二度と誇らしくきみの盾となり護《まも》らなくても)

(必要ないと告げているのに)

なぜ、とりのこされて。

笑えないと愚図る子供のように。無様な抵抗をくりかえすのかと。

幾度も自問する。すぐにこたえはでる。そして回答はわかっても解決策はない。

(はじめから、僕らのうちのどちらかが、いなければよかったのにね)

(残念だね。とても、残念だったね。ひとつのものであったなら、よかったね)

口許《くちもと》で、軽く微笑して。

「ごめん。俺には一つ憶えの芸しかないんだよ。古びて、使えなくなった。——『大好きだよ、希沙良』」

〈act 4 angel bites〉

「あらあら」

と、水沢《みずさわ》諒《りょう》が呟《つぶや》いた。厭味《いやみ》やからかいに似せる努力が少しばかり足りなかったので、まともな友人同士の普通のセリフに陥りそうな微妙なところだった。そいつは勘弁してくれとお互いに思ったタイミングも等しく、希沙良はわざと必要以上に諒を睨《にら》みやり、諒はサーカスの芸人のように両手をひろげて「じゃーん」と小声で効果音をいれてみせた。

「今宵《こよい》もきみは儚《はかな》く敗れんか。おお、涙をおふきよマドマゼル」

「るせえッ」

「ねえ、もうわたしらイイ歳《とし》なんですから両目から泣くのやめようよ。片目にチラッと光が、っつーくらいなら俺も見ぬフリするのにい」

「っるせえんだよ他人事《ひとごと》に出歯亀すんな！」

「他人事、他人事ですわねえ。波風キライです。あらでもどーして俺の手に洗濯済みのタオルが？　おやどーして勝手に和泉《いずみ》君の顔面に直撃？」

パイ投げの要領で、白いタオルを投げつけると、

「それは夜中に泣いてる子がいると鬼婆が来て叱られちゃうからだねっ『泣き虫はいねがー、弱い子はおらねがー』」

「それぁなまはげだろ」

「大差なし」

「あのさ」

「喋《しゃべ》る前に蛇口の栓しめなさいよ。君、一人の相手に関して泣きすぎ。蓄積量として見て、そこんとこどうなのかと」

「しまんねえんだよ！　こわれてんだよ、俺の意志じゃねえんだよ！　蛇口の好きにさせとけよ」

「君、フツーの顔で喋るのに眼だけ泣いてて怖いん

だもん」

「っとけよ。あのさぁ、てめえに頼みあんだけど」

「へい」

ものを頼む態度かい、とツッコミを挟むのは忘れない。

「てめえ俺の手のこのへん、思っきし嚙《か》んでみてくんねえか。どれくらい痛いのか」

「…………………和泉君やるにことかいてそれは凄《すご》くやばいゾーンに」

「だってわかんねえだろ自分でだと無意識で加減すっから」

「てゆーか誰の手を嚙んできたんかいマジで!!」

「だから俺ぁ絶対あいつ殴りたくねえからどーにか我慢して我慢して我慢してそんで……!!」

「我を忘れるまでガマンすんな阿呆《あほう》、殴っとけ。いきなし嚙みつくより数段ましですわ。もービジュアル的にマヌケだもん」

「他人事だろ、そっちには」

「イエース、あきれました。ワタクシお願いされても当事者にはなりたくないデス。イッツ・ソー・クレイジーね」

本当に、すっかり気が狂っている話だと希沙良自身も思うから、誰かに茶化してもらわないとやりきれないのだ。

しかし挙句に諒が「あなたが嚙んだ小指が」云々《うんぬん》と歌いだした瞬間にはさすがに肘うちで黙らせた。

「よく頑張るねえ、君もあちらも」

「んなことも自分じゃわかんねえよ」

「そらそうか」

「泣きてえ」

ぽつんと吐いた希沙良に、泣いてるじゃないかと諒は言わない。

「したら今度、俺が和泉君に思っきしムカついたときに全力で嚙みついたげますよ。そーすりゃわかる」

「泣くほど痛《いて》えかな」

「てゆーか普通ためしてみなくてもそう思うのでは？」

「あいつ泣いたかな」

「知らん」

諒はそっけない。片手のタオルに希沙良は顔を殆《ほとん》ど埋めて、しばらく黙る。

「……でもあいつ俺のこと『大好き』なんだぜ」

「…………そらそうでしょう。ヤな愛情表現だけど」

「最悪だよな、俺ら」

「うん。お気の毒、ご愁傷様」

舌打ちして希沙良が睨んだ。しらっと諒が視線を宙へ逃がした。仰いだ天のどこかに、零《こぼ》れた噛み傷が残っているように。


【1998.12】

《highschool aurabuster 0708》

scene 1
under the sky

こがねいろの空が綺麗《きれい》だとあなたが言うから同じ空を見あげてみた。

だけど自分は手遅れで、夕暮れのサーカスのスペクタクルは一瞬で幕を閉じてしまうので、天使の梯《はし》子《ご》を見逃した。

間が悪いのだろうし日頃の行いも悪いのだろうし心がけも悪いのだろうし、ついでに、やや卑怯《ひきょう》でもあり。

もしきみと同じ空を見て、俺だけが綺麗だと感じることができなかったら、俺はつくづく駄目でしょう?

なんて思っちゃったりして。

＊＊＊

「ええと」

しごく真剣な表情で台所の中央に立ち、はったと鍋を睨《にら》み、おもむろに亮介《りょうすけ》は言う。

「それでは、本日の晩飯はパスタでいいですか」

「オケッ」

大袈裟《おおげさ》に親指をグッと立てて、諒《りょう》が答える。

本日の夕食当番は亮介なのだが、暇なのでと諒も言って、後方にしゃがみこんで、特に役にたつでもない『応援係』をやっている。

横で手伝ってもらうには、ここの台所は少々狭い。ちっぽけなアパートなのだ。

斎伽忍《さいがしのぶ》のマンションの玄関のほうがここより広いかもしれないと、よく諒が冗談めかして言うが、実際どうなのか亮介にもわからない。

あそこはすぐに広いとも狭いとも言えない不可思

議な空間になるので、比較ができない。

(比較しようとすること自体が間違ってるんだ)

亮介はそう思う。自分たちは斎伽忍の庇護《ひご》下にありすぎて、奇抜な環境に慣れすぎている。

この小さな居城でも、高校生二名が普通に得られる収入だけで暮らそうとしたら大変だ。

……だから、普通じゃない収入源で、成り立たせているけれど。

そのことにも、慣れすぎている。

自覚しておくべきだ。

「ほんとにまだ麺類でいくんだ?」

「ぜんぜんオッケー問題なし諒ちゃん麺類大好きー」

「俺はこの最近のメニューは公言したくないなあ。なんで俺たち麺類限定耐久マラソンやってるんだろ」

「お米がないからかしらん」

諒が身も蓋《ふた》もないことを言う。

「違う。米はさ、買いに行けばいいんだよ。貧乏だけどどうにかなるよ」

「つうかあれだわ、元々は忍サマが引っ越し蕎麦《そば》を大量にくださったのがいかん。あれがきっかけで我々は麺モードに入ってしまったの」

「そんなとこから麺が続いてるんだっけ。そうだっけ。長くない?」

「麺のなかでもバリエーションはちゃんと努力しておるけんね。蕎麦うどんそうめんひやむぎラーメンきしめんほうとうチャンポンそしてスパゲティ」

「うーん。たぶんその努力はあまり理解されない」

「誰に。神原《かんばら》さんに?」

「とか。いろんな人に」

「いいです理解されなくても食うのは俺と亮介なので当事者の我々がいいならそれでよいのです」

「うん。まあ。世間に無関心すぎるのもまずいと思うけど、いろんな人を不特定に過剰に気にしすぎるのってよくないな」

「そう。そうね。亮介くんは特にそう心がけて欲しい」

「なんで。俺が八方美人だから？」

「それもある」

「まだそうかなあ。痛い目に遭ってるのに学習しないなあ。自分に腹が立つなあ……」

亮介は眉間に皺《しわ》を刻みつつ、流しの下の戸棚の奥をさぐる。

「あーすまん。亮介が学習してないとは言いません。俺のココロの平安のために言いました」

「ええ？　どうして」

「いやつまり。『他の人より俺を見てね』的なアピールなんでしょう。水沢《みずさわ》エブリタイム怖がり屋さん」

「ああそれで諒はメリハリがないって叱られるんだ、また」

「またって誰に」

「主に冴子《さえこ》ちゃんに。それより俺は、たらこソースの居場所を知りたい」

「あっすまん。食った水沢が。口寂しくなってしまいオヤツに」

「ええっ。食べたら補充しろよ、たらこは」

「すまん。水沢悪い子」

「そしたら必然的に『ペペロンチーノの素』しかないんだ」

「ペペロンチーノも悪くない」

「ていうか。この『素』はさ、ほぼオリーブオイルだから。これを使うんだったら、他の食材が必要な気がする。栄養バランス的にも心情的にも」

「キャベツなかったっけ」

「キャベツ飽きた」

「はやっ。亮介飽きるの早っ。俺はねえ自慢ですけど独身暮らしの際はとてもキャベツのお世話になったんですよ。かなり食いつないだよーキャベツで」

独身暮らしっていう日本語はどうかな、と亮介は首をかしげる。ひとまず今は突っこまずにおく。本題はキャベツなので。

「それはおかしいよ。自慢とは区別するべきだよ。麺すら茹《ゆ》でずにキャベツばかり食べてたんなら、すごくやる気がない人ってことだろ」

「ああ。やる気……そうねえ、麺を茹でる意欲はなかったかもねえ」

「俺は、おまえの、ひとりでキャベツ食べてる姿を想像すると、とてつもなく悲しい気持ちになる。せつない。胸が痛くなる。泣くかもしれない」

「あなたそんな。ここにいる俺を見ないで、過去の俺の有様を想像してカワイソーとか思うのやめてくださいい。絵を描く人はただでさえ脳内イメージが豊かなんですから勘弁してください」

「俺はべつに、ここにいる人を見ないで言ってるわけじゃなくて、ここにいる人は昔も今もやる気がないんだなと思ってる」

「ちょっと待って！　ちょっと待ってくださいい、崎《さき》谷《や》さん！　俺は、やる気がない人として確定なんですか？」

「諒はひとりだとそうだよ。俺と一緒にいると違う人になる」

「あらどうしよう一刀両断」

「自分を大事にするのがへたなんだよ。あんまり諒が諒を粗末にしたら、俺も冴子ちゃんも黙ってないけど」

「俺、思うんですけどね……。そもそもの初めに、忍さんが、俺を粗末にするんですよね……」

言い訳なのか恨み言なのか微妙なことを諒が言う。

亮介は、右手に掴《つか》んだスパゲティの束と、左手に掴んだ鍋の蓋とを、じっと見比べた。

結局、鍋の蓋で、諒の頭を一回がんと叩《たた》いた。

「おまえさ。よくないよ。そういうことを言うのは」

「あいたー」

「忍さんに本気で粗末にされてる人はいないよ。おまえが虐《いじ》められたがってるだけで」

「いやいやいや……。んーとつまり、それなんだねー。俺、忍に虐めてもらわないとダメだと思っちゃってるのよねー。そこが、マズイ。でしょ？」

「そりゃあ、殴る役目の人だって、殴る手は痛いわけだしさ」

「きみは今、鍋の蓋で来たやんけ」

「俺じゃなくて忍さんの話だろ！」

「どおーせ、忍サマはお疲れサマで寝てますから、いいんですー」

「ほんとに、忍さんがいないと諒はすぐこれだ」

「すぐ何？」

「すぐ……グレるっていうか……すぐ落ちるよね」

「えええええ。落下？　堕落？」

「落胆とか。わかりやすく落ちこんで、ションボリするよね」

「あのね、亮介くん、ボクはきみといるから幸せですよジャストナウ」

「希沙良《きさら》はもう夕食済んじゃったかな。呼んでみようかな」

「ちょっと、あなた聞きなさいよ！　ワタシの美しい言葉を」

「食材が足りないから。希沙良に買ってきてもらおうかなと思って」

「ええー。和泉くんなあー。あの人、こういうときに連絡すると高確率で来ちゃうからイヤなんだよなー。しかも空気を読まずに餃子《ギョーザ》とか持ってくるんでしょ」

「餃子も悪くないよね」

「ペペロンチーノとの相性はどうなのかと問いたい。俺は餃子よりもキャベツの味方ですよ」

「餃子が食べたくなってきた」

「りょーおーすーけーさーん。俺の味方はどこー？」

「おまえは食べ終わったら、六本木に行っていいよ」

「ななな何をしに行きますかー？　何の用事もないですよー？」

「用事なんかなくたって、夜の散歩とでも何でも言えば……」

亮介は、そのとき、ふと時間の隙間にはまりこんだような気分になる。

今はいつで、ここはどこで、自分は何をしているんだっけ？

（あれ？　何か、別の視界が重なった……）

窓を開けなければと、思った。

夜中の散歩だなんてうそぶいて、自分の部屋に諒が来るから。

窓の鍵はかけないでおく。

そうしたら、水沢諒は勝手に窓から入ってきて。

月があんまり青いからなんて。

月が。

青いから。

「亮介さん？」

用心深く、諒が声をかける。

「なんぞ、変なもの見ましたか？」

「……変なのかな？」

亮介は何度かまばたきをする。

今は、あの部屋を自分は出てきてしまったのに。

なぜ急に記憶のなかの景色が、目の前の世界と重なったんだろう。

なぜ最初のころの気持ちがよみがえったのだろう。

とても近くに感じた。

遠いのに、同時に近くに。

「変というか……悪いことじゃないと思う。きっと。でも、びっくりした」

「ほう」

「忍さんに話したいな。今は、こっちには、いないのかな」

「こっちもあっちも俺にはわからんけども。あやつも充電が済んだら、のこのこ出てきて俺に茶菓子を運ばせたりするのでしょうよ。そのようなお電話の一本くらい来るんじゃないすかね」

「早く会いたいなあ」

「何ですかあなた……そんな、素で楽しみにされると反応に困るわ」

「忍さんに、話すことがたくさんある気がする。でも、それはもう大昔に話しちゃったことみたいにも思う。そんな、不思議な感覚がある」

「てか、それこそ、どっかで忍さんがイタズラしとるのでは？　亮介は、けっこうあいつの電波をキャッチできてしまうから」

諒が自分のまわりをあちこち見ながら、しかめつらで言った。

scene 2
against the sun

今が春でも夏でも秋でも、関係がないと思っている。

季節の遷移に目を向けたら心の内部のなにかが現実に敗れ去りそうな、自覚があるから。

その心情にはあきらかな逃避願望と脆弱《ぜいじゃく》さがあるのだが、もはやそれでもいいと思っている。

……人間の弱さを、醜いと、誰が指弾するのだろう。

誰の声を怖《おそ》れているのだろう。

誰に対して仮面を被《かぶ》り続けようと努力したのだろう。

ほんとうは誰も、そこにはいないのかもしれない。

ずっと、無人の虚空に向けて演技をしているのかもしれない。

その虚空に、いつか、「神」と名を付けた。

そして、この個人的幻想を共有してくれる優しい生贄《いけにえ》を探した。

(理由？　それは俺ひとりの利益)

ただ、自分が生きのびるために。

＊＊＊

「なんで俺が餃子なんだよ。よくわからねえよ」

携帯電話にむかって希沙良が言う。誰がかけてきた電話なのか、十九郎《じゅうきゅうろう》は知っている。聞かなくても。

「つか、もしかしておまえらまだおもしろ半分で麺類マラソンやって……おい……マジで続いてんのかよ……もう諦めて真面目に米買えよ米！　ペペロンチーノ？　あんまし行きたくねえ……」

渋谷駅のプラットホームを、冷たい風が吹き抜ける。その風に一歩遅れて山手線の車両が滑りこんでくる。大量のなまなましい人間の気配が交錯する混《こん》沌《とん》。十九郎は自分の感覚に蓋をして、個別のオーラを読み取らないよう努力をする。

　多様なすべての人生に逐一関与はできないのだし、自分のキャパシティにも限界がある。もしも仮に……。

（タスケテ・タスケテ・タスケテ）

　仮に、洩《も》れ聞こえてきた小さな信号に、耳を澄ましたら、また他者の人生に踏み入る真似をして……成功あるいは失敗をして……。

（ずいぶん、繰り返した）

　プラットホームのベンチに腰をおろして、十九郎は希沙良の声を聴いている。

　あらゆる雑音を排除し、希沙良の肉声だけを鼓膜に受けいれていれば、苦しまずに済む。

　苦しみ？

（自分で必要だと判断したものを、後から見当違いだったように「苦しみ」と呼ぶのは、不本意だ）

　ベンチの隣に希沙良が座っている。

　電話で崎谷亮介と話している。

　他愛《たわい》ない話をしている。

　べつに先を急ぐ用事もない。

　もうしばらく、ここに座っていてもいい。

　慣れ親しんだ場所の、慕わしい空気に、融《と》けこんでいてもいい。

　風の吹き抜けるホームで……。

　いつまで？

「十九郎、崎谷んとこ行くか？」

　電話機を耳から離し、希沙良がふりかえった。

「あいつら、晩飯がすげえ貧しいことになってんだけど。俺がそこらでテキトーな総菜買ってって差し入れするより、十九郎が一緒に行きゃあ、まともな料理を食わしてやれるだろ」

「悪いけど」

　十九郎は片手をあげて拒否の意思表示をする。

「行きたくない。俺は、神原さんにも冴子さんにも恨まれたくないからね」

「あー。そりゃそうだよな。何やってんだ崎谷も水沢もバカだな。……つうわけで俺と十九郎は行かねえ！　てめえら自力で解決しろ！　じゃあな！」

希沙良が通話を切る。

静寂が訪れる。

雑踏のなかでも。

どんな環境に置かれていても、静かな時間を獲得することは可能だ。

隣に希沙良がいれば。

完全な平安を。

「おまえ大丈夫か？」

「何が？」

「疲れてんじゃねえか？」

希沙良が尋ねる。

疲れたと答えたら、どうなるのだろう。

この平安はどうなるだろう。

（疲れた。もう疲れた。もう終わりにしよう）

そう答えたら世界は消えてしまうだろうか。

脆《もろ》い硝子《ガラス》のように、こなごなに壊れてしまうだろうか。

「どうして？　俺が崎谷君のアパートに行くのを断ったから？」

「てのもあるけど……全体的に」

「俺は、希沙良と一緒に、ここにいたいと思ったんだ。単純に、エゴイスティックな欲求に従ったんだ。それだけだよ」

「……フーン」

なんとなく返す言葉に困った表情で、希沙良がつぶやいた。

左右に大きく開いた両脚のあいだに、携帯電話を握った両手を落として、上体をいったん前屈《まえかが》みに倒した。

「……今、俺はそんなに希沙良を悩ませる発言をしたのかな」

「した。ちょっと待ってろ。考えてんだ」

「考え無しだったな。ごめん」

「謝んな、黙ってろって！　俺が頭悪ィからスラッと出てこねんだ！」

希沙良が靴底でホームの床を何度か蹴りつけ、それから顔をあげた。

「そうじゃねえよ。おまえさ。そんな普通のことを、わざわざエゴとか欲求とかって言うのは、変だろ」

「変？」

「いつだってどこだって俺が一緒にいんのは当たり前って言えよ！」

「当たり前？　なかなか高度なレベルの意識改革だと思うよ」

「当たり前なんだよ！」

もどかしげに希沙良が言う。

希沙良には、それを言う資格があるのかもしれない。

自分は違う。

（大それたことだ。巨大すぎる望みだ。なぜなら）

希沙良も自分も、どちらも永久に斎伽忍の操る駒でいられるならば……望みは叶《かな》うだろう。

（夢は、夢でしかない。俺は知っている）

知っている。そうだ。既に。

「希沙良。大好きだよ」

「なんだよおまえいきなり何言ってんだよ、話題が繋《つな》がってねえよ！」

「ごめん」

「謝られるのもヤなんだよ俺は。謝んのは違うだろ」

「どうしても俺は、おまえを困らせたり悩ませたりすることしか言えないみたいだ」

「じゃあ、いちいち困ったり悩んだりしてやるよ、しかたねえから」

「優しいな。希沙良は」

「優しくねえよ俺は」

「おまえ以上に俺に優しい人間はいないよ」

「そんなことねえって……。なんか、その言い方、あまりいい感じしねえから、やめろよ……」

何を話しても、希沙良を悩ませる。

曖昧な不安を煽《あお》る。

居心地を悪くさせる。

穏やかな世界は崩される。

悉《ことごと》く。

はじまったものは、必ず終わる。押し寄せた波は、必ずひいてゆく。水際に構築された砂の城は、自然の力で解体される。

永劫《えいごう》はない。

万物の法則は滅びに向かう。

ゼロから生じてゼロに還《かえ》る。

アルファから、オメガに。

(俺は既に知っているのに)

ただ、ここにいたいと願った。

わずかな一瞬でも……時間そのものを鏡に映して、逆さまに流せたら。


そんな夢を見た。

夢は、夢でしかないけれど。

「大好きだよ。ずっと。最初から、最後まで」

無益な言葉を繰り返す。

憎んでしまえたらいいのに。

それもできないままで。

scene 3
behind the mirror

頭上の空には鏡がある。

摩天楼の光を左右逆転させて、うつしだす鏡が。

夜は、夜のまま。

人は、人のまま。

それでいて決して同一ではない姿をうつす。

（オフィーリア。汝《なんじ》の名は女）

思えば空者伽羅王《からおう》は、どれほど永い歴史を、女なるものとの戦に費やしたのか。

（汝の名は女、あるいは）

その名は世界。

あるいは。

その名は母胎。

容易に終わらぬ大戦になったのも、だからこそ、しかたがないのだ。

あまりにも、おそろしい……。

「そして僕は、おまえのために征《ゆ》くだろう。冴子。おまえもまた女であることは、わかっているのに」

斎伽忍は独白する。

薄地の革の手袋をはめる。

黒き腐敗の色に、その皮膚は侵蝕《しんしょく》されている。

時間の猶予はない。

総身の肉が腐り落ちるより前に、幻将皓《げんしょうこう》を討たねばならぬ。

猶予がないと知っているから、逆行する時間の流れの片鱗《へんりん》を見る。

ちぎりとられた映画のフィルムのように、視界の端に、ひらめいて落ちてゆく。

儚《はかな》き花弁のひとひらに似て。

舞う桜……。

それもまた旧《ふる》い記憶の呼び声。

愛すべき一秒一秒の回帰。

「亮介。虚構の残影に、とらわれるのではないよ。僕は何も懐かしみはしない。過ぎる時間のすべてを僕は捨てはしないのだから」

偽りの時は、見過ごせ。

一瞬のまばたきとともに、今に戻っておいで。

在るべき場所で生きてゆけ。

魂の底から、真実を聞きわけろ。

研ぎ澄ました眼で、おまえの生命の在処《ありか》をみつけだしてゆけ。

漆黒の、まるで不吉な葬送に赴くようなコートを纏《まと》い、彼は美しき肉体を覆う。

霊気を乱す人界に出てゆくために、必要な自衛策は尽くしたが、それでも腐蝕《ふしょく》はいっそう進行するだろう。

だが歩みを止めることはできない。

眼前には、鏡。

地上にも、鏡はある。

彼の居室を象徴する、浄化結界の合わせ鏡。

自分自身の鏡像と、斎伽忍は一度まなざしを出会わせる。

魔性の眷属《けんぞく》のように薄青い双眼が、いまだ正気を保っているのならば。

この身に課された役目を果たすことが、いまだ許されているのならば。

「僥倖《ぎょうこう》だと、僕は言おう。我が手の選ぶ未来のすべてを、さいわいだと僕は言おう。……おまえたちがいつか知ることを、僕は祈ろう」

その祈りは……〈天〉に向かうものではない。

祈りなど、〈天〉は知るまい。

遠い、時空の先に、祈りは託されていくのだ。

＊＊＊

もういいだろう、と希沙良が言った。

もうやめろ。

今は、もうそんなことを、言わなくてもいいだろう。

「なぜ？　今でなければ、いつ言えば、おまえは満足するのだろう。そのときおまえは満足ができるとでも思うのか。おまえは、十九郎を庇《かば》ってはいない。自分の痛みを回避したいだけだ。おまえから十九郎に与えてやれるものは、その程度の甘えなのか？」

冷徹に、斎伽忍は問い返す。

夜の街。新宿駅。居並ぶ真っ赤なテールランプ。硝子張りの空中遊歩道。不安定に揺れるイルミネーション。冷たい風が吹く。冬がすぐそこに来ている。

「希沙良。おまえも、よく知っているだろう。この子は僕の命令を聞かないのだよ。昔から、簡単に言い聞かせた程度では、折れてくれない子なのだよ」

だから思い知らせなければならない。

骨の髄まで。

完全に心が砕けるまで。

神の名をもって。

「術力を喪《うしな》ったおまえを、我が手の者としては認められない。十九郎。今までおまえには、世話になった。そのことに、僕は感謝している。ありがとう。そして、おまえは自由にならなければいけない」

「自由？」

その単語を、里見《さとみ》十九郎が、繰り返した。

この世に存在しない言葉を聞いた者のように。

そう。

自由は、まったく、優しい言葉ではない。

「自由に。すなわち、おまえの身の丈のままに。おまえは、神にはなれないのだから」

「……それは自明の理だ。あなたが、自ら出向いて、託宣を下すまでもなく」

それなのに、と十九郎が言う。

おそらくは遠ざかる意識を最後の力で摑んで。

互いのあいだに秘められていた、微細な棘《とげ》を探り当てる。

「にもかかわらず……あなたは、いったい、何を危惧しているのですか」

「叛乱を」

忍が答えた。

「我が右腕であったおまえが、これから私に背くことを、私は怖れているよ。昔から……おまえと出会った頃から、ずっと、そのことを怖れつづけていた」

linked to「オメガの空葬」and the next one.

【2007.12】

fragments 2011

２０１１年8月発行

the mirrors（２０１０年）
another stigma（２０１１年）
another stigma 2（２０１１年）

すこしだけ失敗をした。

けっして致命傷ではなかったけれど。

人体の構造上、頭部からの出血は、実際以上に大量かつ派手に見えるのが、お約束。

こめかみを触った掌に、べったりと赤色がついて、ああひどいなと思った。

ひどくブザマ。


六本木に聳《そび》えるマンションの、九〇七号室、おなじみの合わせ鏡のあいだを通りぬけて、きみたちの居場所まで無事に辿《たど》り着けるのか、わずかに危惧してしまうから。

厳重に浄《きよ》められた聖域に、血腥《ちなまぐさ》いヒトゴロシの存在は受容されずに、はじきだされてしまうのではないかしら、とかね。

まあ、仮にそうでもいいんだけどね。

そこに俺が許されないとしても、どうか、そのままでいてください。

きみたちだけは。


ばかね、と冴子《さえこ》に叱られ、彼女の奇蹟的《きせきてき》な能力で傷を塞《ふさ》がれて、居間のソファで休んでいるうちに三十分ほど眠る。

すぐそばのミニキッチンで、幾度も幾度も湯を沸かしてはポットに注ぐ気配。

「何の演習ですか」

片眼をあけて訊《き》いてみる。

「起きたの？」

「んんー。まだ微妙ーに、頭の半分がボヤッとしますわ」

「じゃあ寝てなさいよ、あたしは傷は塞ぐけど貧血は治さないんだから」

「きみは何をしてるの」

「何をって、お茶をいれてるのよ。忍様《しのぶ》と、あたしと、あなたの」

「何十人分のお茶をいれておるのだ」

「まだせいぜい五十人程度よ、誤差の範囲内よっ」

「ああ、はい、うん、範囲内。そうかもしれん」

「おとなしく寝なさい」

「はい」

命令されると嬉《うれ》しくなる。

孤独が嫌いで、確かなものに従属したがる、この悪癖。なかなか一筋縄にはいかんね。


もう二十分眠って、目を覚ます。居間の大窓は、いちめんに落日の朱色。

太陽を惜しむみたいに、この部屋の主は、窓際に座って本のページを繰っている。サイドテーブルには、カップアンドソーサー。カモミールの香り。

「それは二十二杯目あたり？」

オハヨウと言う時間帯でもないので、そう質問する。

「六杯目までは数えたが、その先は忘れてしまったな」

「無茶はやめなさい。忍さん。あとは俺が飲むからやめなさい」

「これも愛する妹の涙だと思えば、このお茶は、馬の骨には渡せないな」

「あなたのシスコンは知ってますから、お茶を相手に過剰な意味づけをするのはやめなさい」

「諒《りょう》。すこしでも僕の身を大切に思うなら、冴子の扱いには気をつけてくれないと困るな」

「もーのーすーごーく、わかってますよ、そんなことは！」

「そうかな？」

小首をかしげて、愉快そうに忍がつぶやいた。

【2010.12】

another stigma

日曜の予定を和泉希沙良《いずみきさら》に訊いた。たぶん埋まってる、と答えられた。たぶんって何だ、と陽子《ようこ》は思う。日曜限定ケーキバイキングの割引クーポンがあるのに、おかげで誘えない。大袈裟《おおげさ》にがっかりしてみせた顔が効いたのか、とりあえず今日の放課後ラーメン食おうぜ、と希沙良のほうから言ってきた。殊勝だ。

　べつに、ご機嫌をとられなきゃならない間柄ではない。カノジョではないし、カノジョ候補になったおぼえもない。

　疚《やま》しさだとか寂しさを感じる理由が、希沙良にはあるのだろうか。

「どうせ、日曜の用事って、あれだ。『イトコづきあい』」

陽子がきめつけると、希沙良の箸が餃子《ギョーザ》をキャッチしそこねて空振りした。

「どうせって言うか？」

「だって和泉わかりやすすぎんだよ」

「イトコづきあいでも、内訳いろいろあるかもしんねえだろ！」

「内訳つって、たいがい里見《さとみ》センパイの奢《おご》りで何か食ってんじゃねえの」

「おまえの頭んなかの俺の人物像って、四六時中メシ食ってるだけかよ」

　不本意そうに希沙良が言う。けれど、そんなに見当外れではなさそうだと陽子は考える。この男は陽子につきあって激安ラーメンライス大盛りをたいらげることもできるが、「食える」と「好き」は似て非なるしろものだ。実際、こいつは美味《うま》いものを食い慣れて世間一般の高校生より舌が肥えている。それに、箸の持ち方がとても綺麗《きれい》だ。陽子が希沙良を食事に誘いたくなるのは、肩肘張らず自然に綺麗な食べ方をするので、見ていて気分がいいからでもある。子供のころから、いい躾《しつけ》をされているし、食事時に孤独ではなかったのだろうし、つまりは幸せに生きてきた人間だ。本人の認識がどうあろうとも。

「あ」

　前触れもなく、性急な手つきで、希沙良が制服のポケットから携帯電話をひっぱりだした。着信音は鳴っていない。振動もしていない。どうして希沙良がそれをとりだしたのか陽子にはわからなかったが、三秒ほど経過したら、バイブモードで電話が震えだした。

「あー。やっぱ、あいつ近くにいる気がしたんだよな」

「うわ気持ちワル」

「気味悪がんなよ」

「んにゃ、気味悪がってない。気持ち悪いっつった。その第六感おかしい」

「双子とかでも、あるって言うだろ……そういうの」

「双子じゃなくてイトコじゃんよ」

　陽子が唇をとがらせて言うと、希沙良が口許《くちもと》で微妙な笑い方をした。言わなければならないことを、選びそびれたように。陽子の前では通話ボタンを押さず、立ちあがった。例の、疚しさなのか寂しさなのか判然としないまま背負いつづけている荷物と一緒に。

「ごめんな、ちょっと電話してくる」


【2011.7】

another stigma 2

懐かしむという行為を、憎んでいる。

感傷という情動を、拒んでいる。

棄却せよ。

あらゆるノスタルジーを。あらゆる仮定と幻想を。

あらゆる醜い拘泥を。


放課後、新宿駅の構内で、崎谷亮介《さきやりょうすけ》の制服姿をみつける。

雑然と行き来する大量の人間の気配のなか、特有の濁らないオーラを、十九郎《じゅうきゅうろう》の感覚が拾う。

崎谷亮介とは、縁がある。

約束をしなくとも、偶然に出会えてしまう確率が、普通より高い。多少、お互いの生活圏が重なるとはいえ。

亮介と同じ条件下にある水沢《みずさわ》諒とは、この手の自然なニアミスは起こらない。水沢諒と遭遇するとしたら、どちらかに、または両者に、明確な意図が介在するだろう。さもなくば、その状況をお膳立てしうる斎伽《さいが》忍の存在を想起し、彼の思惑を推察せねばならないかもしれない。

亮介に関しては、純然と、それを縁だと思える。

斎伽忍の掌に収まりきらない人物として、十九郎自身が、崎谷亮介を認知しているからだろう。

（神よりも上位に？）

そんな発想を不敬と呼びならわす一族の因習から、己が正しく遠ざかっているのか、それとも縛られているがゆえに抵抗を試みているのか、十九郎にはわからない。未だに、わからない。

「あっ」

常人より鋭敏な察知力で、亮介が、面を上げた。

改札付近に溜《た》まる人波を隔てた向こうから、まちがえず、十九郎の姿を見出《みいだ》した。すぐに、笑顔になった。

「里見さん！」

亮介が屈託なく呼んだので、十九郎も、率直に微笑を浮かべることにした。

心が望むままに自分の態度を選べず、相手の内情を先に読む。そんな保身の術と不誠実な策しか、持ちあわせていない。

幾通りかの状況の分岐を想定して布石を打つ悪癖は、きっと生来のものだ。

育った環境や不随意な精神的外傷のせいには、できない。

「また縁が働いたね。お茶に誘ってもいいのかな。忙しい？」

「いえ、俺の用事は、時間かからないんで大丈夫です。修学旅行用の買い物で。でも里見さんこそ、俺なんかより何倍も忙しいんじゃないですか」

「小一時間のお茶なら、誤差の範囲だ」

「希沙良と待ちあわせてるんですよね？」

「今日は、希沙良との約束じゃないよ。父方の集まりがあって、顔を出してきたんだ。受験生という立場を活用して、早々に解放してもらったけど」

「そうなんですか？」

亮介が、ずいぶん予想外だと言いたげな表情で、目をまるくした。十九郎は、微笑を苦笑に切りかえる。

「どうして？　毎日、飽きるほど一緒にはいないよ」

「あ、そうか……。さっき近くに希沙良の気配もしたから、そう思いこんじゃって。じゃあ、希沙良も偶然このへんにいるのかな」

独白まじりに亮介が言う。

砂漠で砂金を見出す曲芸に似た、その特権的すぎる能力の披瀝《ひれき》は、無自覚であるだけになおさら度しがたく残酷だ。

一瞬、傷つけたくなる。一瞬で、そんな衝動は殺す。

（自分の狭量さを露呈してまで、成就したい欲なのか？）

肥大した自尊心が、役に立つ。

いまなら、まだ。

「崎谷君が、もっと根に持ってくれる性格だったら、よかった」

「え？　えっ……根に持つ、ですか？」

「たとえば俺と会った途端に顔を背けて、見なかったふりをするような」

「ええ？　そんなこと無理です」

「だろうね。単に、俺の利己的な願望だよ。俺の至らなさを声高にアピールしてもらえると、謝りやすくなる」

「俺が謝られるんですか？　里見さんに？」

「炎将《えんしょう》の助力者の件で、俺の余裕のなさを崎谷君にぶつけてしまったから」

「それは……俺も、あのときは自分の気持ちばっかり言って、余裕はなかったし……物事をどこから見るかってところが、里見さんと同じじゃなくて……つまり俺が里見さんに人格否定されたりしたわけでも全然ないですし。里見さんに言われたことは正論だったと思ってます」

「謝って、恰好《かっこう》をつけたいんだよ。年長者として、体面を取り繕いたいんだ」

「あ、でも俺、その件については、先に希沙良から謝られちゃってて」

亮介が、ちょっと判断に迷いながらも、希沙良の名前を出す。

十九郎は、軽く眉をひそめる。

「希沙良は現場にいなかったのに？」

「里見さんの身内だからって希沙良は言ってました。だから、俺に謝ってもらうよりは、里見さんから希沙良に何かを返してもらえると、いいんじゃないかと思って」

「ああ。文脈は、それなりに、わかった気がするけれど……迷惑だな」

「…………」

十九郎がこぼした一言に、亮介が驚きを隠さず、まばたきをした。

「すみません。余計な話をして」

「ごめん。ちがうよ。崎谷君のことを言ったわけじゃない。俺の所行に逐一責任をとっていたら、いずれ希沙良が破滅してしまう。そんなものは見たくない」

「……破滅、ですか。一本道しかないんですか？」

「崎谷君は、こう言いたくなっているんじゃないかな。俺のわずかな努力によって希沙良の破滅を回避することができると。……だけど俺は、自分の努力なんて、せいぜい蜘蛛《くも》の糸の強度でしか信じていないんだ」

「俺は、仮に里見さんが言うとおりに希沙良が大変な目に遭うとしたら、俺や諒や冴子ちゃんが助けようとするし、忍さんも絶対に力を貸してくれるって、そう思ってます」

亮介が言った。

（勇敢だな）

死角から撃ちこまれた言葉の健やかさに、感銘をうける。

（絶対に？　空者伽羅王《からおう》が、いつ『器』の生命を喰《く》い尽くすか、誰にもわからないのに？）

楽観と狂信を味方につけていた時代は、遠い過去だ。

傲慢な優越者でいられた時代は、見失った。

（世界が、いつ終わるのか、誰も知らないのに）

しかし、崎谷亮介に欠如した悪意を、指弾し、告発しても、いっさいの宿業は変わらない。

十九郎は吐息とともに、もはや形骸と化した、旧《ふる》い感情を手放すことにする。

他者を論破することに、さしたる情熱も抱けない。

「ごめん。ありがとう」

「なんか、俺らの『イトコづきあい』、キモチワルイって言われた。陽子に」

駅ビル内のスターバックスまで電話一本で呼びだされた希沙良が、十九郎と亮介が陣取っているテーブル席にたどりついたとたん、仏頂面で言う。

え？　と亮介が問い返した。

「希沙良は普段、そういうこと言われてないんだ？」

「なんだそれ。なんで俺がキモチワルイって言われる流れが当然になってんだ」

「俺は気持ち悪いと思ってない。でも『わからない』って気持ちを世間一般の人に持たれるのは、しかたないからさ……俺も子供のころから、何を見てるかわからない子って言われてたし」

「そういや俺、赤ん坊のころ、どうしてたんだろうな」

「どうしてたって何を？」

「俺の場合、けっこう実害が出るだろ、力のセーブぬきで泣いて暴れたりしたら。俺が生まれたてのころなんか、まわりの物、壊しまくってたんじゃねえかな。俺が零歳だと十九郎もまだ一歳で、俺を止めるどころじゃないだろ。でも俺、ガキのとき姉貴と喧嘩《けんか》して怪我《けが》させたことは憶《おぼ》えてるし姉貴にも言われたけど、物心つく前に騒ぎになったって話は聞かないんだよな……」

亮介にむかって答えてから、希沙良が円卓に肘をつき、すこし低い位置から十九郎の顔を覗《のぞ》いて尋ねる。

「もしかしておまえ一歳のころから俺の面倒みてんのか」

「さすがに当時を総体的に包括する記憶は俺も持ちあわせていないけど、希沙良が生まれたときの記憶はあるから、関与した可能性が皆無とは言わない。本能もしくは反射神経のレベルで、希沙良のまわりに結界を置くことならできる」

「マジか……。かなり、かわいそうな一歳児だよな、それ」

「俺は、おまえが生まれて嬉しかったよ。俺の境涯を否定されると心外だ」

平然と十九郎が言う。

どう反応するか決めかねた希沙良が、顔をしかめる。

「……後出しじゃなくて最初に言っとけよ。うまくアリガトウが言えなくなんだろ」

「もちろん、俺以外の有効なファクターも希沙良のために配置されていたと思うよ」

「ああ、夏江《なつえ》さんとか？」

「元締めとしては斎伽さんがいるだろう。希沙良は神に祝福された子だから」

「そういう極端に大袈裟な表現すんな。かえって居心地悪い」

「贅沢だな」

「俺で遊んでるおまえのほうが贅沢だろ。そんじょそこらに安い値段で転がってねえぞ、俺みたいな可愛い従兄弟《いとこ》」

「うん」

知っているよ、と十九郎が答えた。

「最初から、俺は知っていたよ。そのことは」


【2011.8】

The Prophets

2012年8月発行
（書きおろし）

LOGOS ONE

主よ、あなたがわたしを惑わし
わたしは惑わされて
あなたに捕らえられました。
あなたの勝ちです。
（エレミヤ書）

あんなものが生きていてはいけない。

……そう、たしかに思った。

いつか。

牢獄《ろうごく》のごとき本家の邸《やしき》の奥深くにて、彼と出会った、原初のときには。

(かわいそうな)

美しくもおそろしき異形の身に定められし宿業は、到底、幸福とは無縁であろうから……。

(かわいそうな、神様。……あなたは、ぼくらのための、供物なのですか)

閉じた一族の存続のためだけの、贄《にえ》なのかと。

＊＊＊

「僕は部屋にいるから、いつでもおいで」

斎伽忍《さいがしのぶ》の声が答えた。

不可視にして、手で触れることもかなわぬ、電話回線のむこうで。

掌中の小さな携帯電話が受信し、己の鼓膜をふるわせる、その電気的信号の実在をいかに信じるべきか。

自分自身を納得させうるイデオロギーを、咸月陣《みなづきじん》はいまだに知らない。

たやすく聴いてしまっている、のは、なぜか。

天与の異能も失った、たかが道者が。

貴《たっと》き神の言葉など。

「いつでも、とは」

「高校生《こども》たちほどには、僕は忙しくないからね」

「僭越《せんえつ》ながら……」

喉の奥にこわばりが生じるのを自制心によって覆い隠し、咸月は言葉を押し出した。

路肩に停《と》めたBMWの運転席に、ダブルのスーツに包んだ長身をおさめている。

停車位置は、六本木に聳《そび》える斎伽忍の居城と、もはや遠く離れているわけではない。西に大きく傾いた太陽の赤光が、まばゆく東京タワーに照りつけているさまも窺《うかが》える。いますぐ来いと命じられたなら、それも可能だった。

されど向かう先は、神の浄域。

ずかずかと踏み入れられようか。

「刻限を、ご指定いただけますれば、自分も不破《ふわ》も助かります」

「なるほど。ならば、僕の仔羊《こひつじ》を救うとしよう。三十分後に、部屋へ来るように」

咸月の緊張が、斎伽忍には愉快だったらしい。芯に光輝の潜む独特な声音に、仄《ほの》かな笑みがブレンドされ、そんな冗談めかした表現によって指示が下された。

（お茶目をやられても、切り返しのしようがない）

残念だが。

一方通行の厳格さをもって、咸月は応じる。

「承知つかまつりました。では三十分後に」

目下の者どもの意を読みすぎるのも、斎伽忍の悪癖であろう、と……咸月は思考の末端で感じもする。無視をすればよいのだ。

それができぬ人物ゆえに、いっそうの艱難《かんなん》を負っている。

――決して、斎伽忍の境涯や宿業や人生を憐《あわ》れんだわけではない。

あの青年がいまも現世に存命し、斎伽忍という仮想の名を掲げて生きることを、何人たりとも否定してはならぬ。

「三十分の自由時間を、いかがしようか」

助手席にて、道者四人衆の同輩である不破武人《たけひと》が口をひらいた。

「貴公は、ネクタイを締めなおせ。靴も磨いておけ」

冷ややかに視線を返し、咸月はそう答える。

社会人である咸月に比して、いまだ大学生の不破武人は、やや服装に弛《ゆる》みを見せる場合がある。今日のところは武人もジーンズやスニーカーではすまさず、きちんと清潔感のあるスーツを着こんでいるのだが、咸月の美意識を満足させるには至らない。

「貴兄には、ずいぶん気重な報告のようだが……意外だな」

己の襟元に中指の関節をひっかけてネクタイの結び目をひきおろしつつ、武人が言った。

ほどいたネクタイの両端を指先で捉え、均等な力で釣り合わせる。慎重に、完全なる均衡の一点をはかるように。

そして形式張った口調をやわらげ、独白まじりのつぶやきに切りかえた。

「どこの家にも、子供ができるのは、あたりまえのことだと俺は思っていた。いついかなる術者を産みかねない家系であるとしても、われらは新たな生命に向きあっていくしかない。旧来の一族の価値観が通用しなくなり、処し方がむずかしいのはたしかだが……」

斎伽の一族においては、子の誕生は、ありふれた慶事で済まされない。特殊な能力者が生まれ来る可能性を鑑みて、一族内に情報を周知するのが常だ。

いま、情報統括の最高責任者にあたる人物は、むろん七瀬《ななせ》家の家長、斎伽忍である。

処し方がむずかしい、と武人が感じるのは、斎伽忍が一族の実権を握ったために、過去の慣例が効力をなくしているからだ。

今後、術者ないし道者が生まれたとき、かれらを旧態依然の規範で縛り、組織として管理してゆく必然性は、あるのか。

崎谷亮介《さきやりょうすけ》たちの存在によって、一族や純血というものの意味は瓦解《がかい》しつつある。

「いまの忍様は、どんな子であれ『自由にさせよ』と仰せになる気がするのだ、俺は」

「当事者意識が薄すぎるのではないか。他ならぬ不破家に持ちあがった話なればこそ、貴公をも同伴しているのだがな」

「当家の縁者といえど、同居もしていない叔母の妊娠だ。正直、ぴんとこない」

「遅かれ早かれ、ひとごとではなくなる」

咸月は上着の内ポケットから煙草《マルボロ》をとりだし、パッケージの底を親指ではじく。

跳ねあがった一本を唇の端に挟むと、真鍮《しんちゅう》のジッポで火を灯《とも》した。

めずらしいものを目撃した表情で、武人がまばたきをした。生来の感覚の鋭さを自負する咸月陣は、通常、感覚を鈍らせる喫煙行為を努めて避けている。

そんな咸月でも羽目をはずしたくなる気分が、この話題からは発生するらしかった。

「予定があるのか」

「予定？」

「その……具体的な……子作りの。……ちがうな、まずは結婚か」

言葉の選択を誤った武人を、あからさまに咸月が睨《にら》んだ。

「順序を重んじろ。俺は『できちゃった結婚』をするタイプではない」

「よく承知している」

「俺は、粛々と人生を進めようとしているだけだ」

「咸月なら、相手には事欠かぬだろう」

「案外、めんどうだぞ。わが一族の因習に馴染《なじ》みのない『一般人』との縁組みはな。であればこそ、呉《くれ》葉《は》が明石川《あかしがわ》に嫁ぐのも理にかなったことだ。斎伽の血をひく人間同士なら、互いに一から説明をする手間が省ける」

つまるところ意中の女性がいたものの破局してしまったという話かな、と武人は想像する。さすがに、それは口に出さない。

家柄といい経済力といい当人のスペックといい、咸月陣は申し分のない男なのだが、一般女性との縁組みに関して支障となりそうなのは、神に関与する者としての忠誠心とプライドだ。

覚悟ある女人でなければ、許容できまい。四六時中、いっさいの時間と労力をなげうってまで、生ける神に仕える夫を。

「たとえば、冴子《さえこ》殿はどうなのだ？　忍様との婚約関係がなくなった以上、咸月家と七瀬家の釣り合いは理想的に見えるが」

「あれは俺には荷が重い。里見《さとみ》にでもまかせておけ」

武人の質問に、咸月は間髪いれずに即答する。武人は、唇の端で苦笑いする。

天下無双の『じゃじゃ馬』である姫君を御せぬのは武人も同じだが、たらい回しの先が里見十九郎《じゅうきゅうろう》というのも、いささか短絡的な選択だ。

「咸月に無理ならば、里見にはなおさら無理ではないか。里見も理想主義者だ、冴子殿に相応《ふさわ》しい人間として自分自身を設定できる脳天気さが、致命的に足らぬ」

「奴《やつ》の主義など俺の知ったことではないな。……ただ、おそらく俺は、かつて、ひとつの夢を持っていた。そして、知らぬ間に、諦めた。その古傷が、ときに痛みもする。もしかすると里見も、俺と同じ穴の狢《むじな》ではあるかもしれん」

半ばも喫《す》いきらぬうちに煙草を灰皿に潰《つぶ》し、咸月が言った。

武人は、そっと咸月の横顔をうかがう。

地の者——道者を名乗る自分たちの人生は、諦めの一語と、ひどく親和性が高い。

あらかじめ何かを諦めた存在が道者であるからこそ、卑屈にはなるまいと武人は自らを律する。武人以上に咸月陣は、心に固く決めていよう。

諦めという言葉を、軽々に弄《もてあそ》ぶまいと。

「諦めてもよいと思ったのか」

それだけを尋ねた。

咸月は、視線を返さずに首肯する。

「是非もない。あのお方が決めたことだ、俺は従ってみせる。……しかし昔の俺は、かならず冴子殿に、あのお方の子を産んでいただくつもりだった。子が親の身代わりとなるはずもないが……せめて忘れ形見をのこされなければ、われらは未来に希望を持ちようがないと」

「未来とは、いつだ？　三十分後か」

　武人は、すこし声音を強める。

「それより先のことを俺たちが思いあぐねて、なんとする。旧世代の長老どもの独善とは一線を画し、ひとえに最後まで忍様に仕えるのが、われらの矜持《きょうじ》ではないか！」

「真に受けて、腹を立てるな。昔の他愛《たわい》ない夢の話だ」

「……俺は、怒ってはいない。……いや、やはり、どこかで怒ってはいる。貴兄にではない……運命と、めぐりあわせに、腹が立つ。だれもが、同じ穴の狢なのだろうな。俺は未熟だ。すまぬ」

　吐息をこぼし、武人はネクタイを結ぶ努力を放棄した。襟元から手を離し、フロントガラスの上方を眺めた。

　落日の残影が、広き天を覆う。

　ふりそそぐ朱金の光を、そのまま永久に空に縫いつける術はない。神にさえ。

　それでも、神は求められつづける。

　この大地を満たす、あらゆる弱き迷い子たちに。

　貪欲な餓鬼と見分けのつかぬ、暗愚にして罪深き使徒たちに。

「めぐりあわせは、わるくない。嘆く暇があるなら、稀《まれ》なる僥倖《ぎょうこう》を思え。かつて九百年間、われらの先祖は、空者伽羅王《からおう》と出会えなかった。どれほどの無念であったことか」

　無愛想ながらも武人を慰める言辞とともに、咸月陣は新たな煙草を唇に銜《くわ》える。

　指定された刻限までは、まだ猶予が残されている。あえて派手に遅刻をするほどの、叛逆《はんぎゃく》を試みてみようか、という誘惑が胸に浮かんだ。

LOGOS TWO

神よ、わたしの願いをかなえ
望みのとおりにしてください。
神よ、どうかわたしを打ち砕き
御手を下し、滅ぼしてください。
（ヨブ記）

「咸月は、あの子なりに遠慮をしているのかな。間近にまで来ておきながら、二の足を踏むのは、悪い癖だ」

サイドテーブルに携帯電話を戻し、斎伽忍がつぶやいた。

さらりと漆黒の髪を斜めに揺らし。

整いすぎた唇を動かす。

「僕の日頃のおこないがよくないのかもしれないが」

九〇七号室。

広々としたリビングルームの、大窓の近くに据えられた彼専用の籐《とう》椅子に座して、膝を組み、いつもの姿勢で……。

そして見慣れすぎたチェス盤を前に。

（既視感。――それは倦怠《けんたい》にさえ似ている）

彼と差し向かいに対峙《たいじ》する里見十九郎は、己のそんな思いつきを、興味深く吟味する。

眩暈《めまい》がするほどの奢侈驕慢《しゃしきょうまん》。

こんな光景に疑問なく順応し、当然の恩恵として享受する者の、罪業を知れ。

安寧は、幻想だ。

わずかな指の力でたやすく握りつぶせる、精巧なこしらえの抜け殻のように。

「勘のいい咸月殿のことですから、ここに俺という邪魔者の気配を察知されたのでは」

十九郎は形勢不利のチェス盤に見切りをつけ、まったく勝機には結びつかぬ位置へと、ビショップの駒を移す。

防護の盾を失って野晒《のざら》しになったキングを、掌で示した。

「どうぞ。あなたの勝ちです」

「勝ちの押し売りは、ひどいな」

「順当な結果ですよ。俺には、これ以上の戦いようがない」

「多少なりと、僕を荷厄介に思っているだろう？」

　斎伽忍が言う。

　十九郎は意表をつかれ、率直に笑いだしてしまう。

「いまさら俺が、ですか？　むしろ俺の科白《せりふ》です。チェスの相手に俺を選んで、後悔されているのではと」

「いまさら僕が？」

　同じ問いかけを口にして、斎伽忍がいたずらっぽく十九郎の瞳を覗《のぞ》いた。

　ああ可愛《かわい》いな、と十九郎は思う。

　そう。ただの友人のように。

　この人物の可愛げなど、知っている。

　いつから。

　どれほど。

（既視感。それはすなわち）

　麻痺《まひ》を望んでいる。

　価値の転換を。


　もはや、とめどない充足を得られたであろう……と、自らを説得したがっている。

　不断の思惑と、無窮の努力が、介在し。

　一秒ごと、旧《ふる》い望みは潰《つい》えつづける。

「おまえとは昔から比類なき友誼《ゆうぎ》を築いているのに、僕の心は報われないな」

「こよなく目をかけていただいている自覚とありがたみの念は保持していますが……あなたの寵愛《ちょうあい》をめぐっては、競合者《ライバル》が多いので」

　ちょうど冴子がそこへ、よい芳香のハーブティーを運んできたため、十九郎はあえて会話に彼女も巻きこんだ。

「どなたの、ご寵愛のお話？」

　案の定、きりりと冴子が柳眉をひそめる。

　応接セットのローテーブルに茶器をおろすと、仁王立ちで宣戦布告をした。

「忍様の愛に関して、まさかあたしと並び立つ野心まで抱いていたとは、いくら十九郎くんでも言うはずないわよね！」

「ありがとう。期待にたがわぬ、冴子さんの反応に感謝するよ」

「あたしも過剰に親切よね。十九郎くんは、お茶菓子は和洋どちらがお好みかしら。各種、お取り寄せのストックあるけど」

「手慰みに、焼き菓子と、パンを焼いたので、もしよかったらお茶のお供に」

十九郎が、持参したバスケットの蓋《ふた》をあける。

パラフィン紙で仕切られた内側におさまっているのは、フィナンシェ、マドレーヌ、クロワッサン、ブリオッシュ。

どこの有名店の売り物と言われてもおかしくない、完成度の高いできばえに、冴子が複雑な顔をした。

「すごく美味《おい》しそうなんだけど、こういうものを見るたび、十九郎くんの人生の最終目的地がわからなくなるのよね……。つまり十九郎くんの幸せって何なの？」

「その解釈は、大袈裟《おおげさ》かな。調理を生業《なりわい》とできるほどの情熱は注いでいないし」

「作れば満足するの？　それとも、作ったら、素敵な御褒美がもらえるわけ？」

「俺は欲張りだから、すくなくともボランティア精神では行動しない。見返りは欲しがっていると思うよ」

「十九郎くんが受験勉強をやめてパティシエになりますと言いだしたりしたら、あたしはちょっと痛快なのに」

「冴子さんがそれを面白がれるのは、仮定の話だからだよ」

「ふうん。そう？」

「俺が急に人生の軌道を曲げたら、よほど自棄《やけ》になっている証拠だと、きっと驚かれる」

「そうかしら。自分の人生くらい、他人の反応なんていちいち考えずに好きにしなさいよ」

冴子が生真面目に言う。彼女のこういうところが、夏江《なつえ》に似ている。

好きに生きろと促すのは、彼女たちの寛容さか。

残酷さか。

どちらとも見える。

(貴女《あなた》がたの心が和らぐ、あらまほしき景色を構築できない俺自身を、申し訳なく思うよ。だれのためでもなく、俺の自尊心のために)

健やかな人々は、いたましさを減らせと世界に命じる。

痛みも血も見たくないから。

見たくない、と願う主体は、観察者だ。

当事者ではなく。

(きみと同じ、だれかの傷を癒《いや》す奇蹟《きせき》の力は、持っていない。俺の力では、己の傷を隠すことしかできない……本質でなく、うわべばかりを、頑迷に繕う力、そんなものだけを俺は支えにして生きてきた。

……残念だな)

軌道を曲げるすべが見当たらない。


一族の旧習を覆すと決めたとき以来……叛逆精神の末に選びとった人生は、つよい慣性に流されつづけ、やがて瀑布《ばくふ》を落下するまで止まらない。

「僕は、キリストの『最後の晩餐《ばんさん》』の真似事をするつもりはないが、いただくよ」

手をのばし、クロワッサンをひとつ拾いあげた忍が、指先でそれをふたつに裂いた。

敬虔《けいけん》な信徒に分け与えるなら、葡萄《ぶどう》酒はキリストの血、パンは肉体。

ちぎった一片を、彼が口許《くちもと》に運ぶ。十九郎のまなざしが、その行方を辿《たど》る。

真新しいパン生地が聖なる歯列に咀嚼《そしゃく》され、その内に備わる味蕾《みらい》により価値を峻別《しゅんべつ》される。

ほんとうだろうか?

(糧となる資格。たぐいまれな)

ただそれに尽きる恩寵《おんちょう》。

神の肉の一片きりで足りようか?

「誤解を憚《はばか》らずに申しあげれば」

静かに十九郎が言う。

「あなたに『食べていただける』という趣旨の幸福も、世にはあるのだと俺は思います」

「王者に毒を盛る者の動機も、つきつめてみれば、その相似形かもしれないな。……美味しいよ、ありがとう」

ルールに則《のっと》った遊戯を楽しむように、忍が優美に笑んで答えた。

冴子がひとり、この湿度の高めな会話に頭痛をおぼえたらしき表情をつくる。

彼女の渋面を目にした十九郎が、端然と立ちあがった。

「バターを多く使っているので、せっかくのレモングラスのお茶とは味が合いませんね。なにか、新しく淹《い》れましょうか」

「では、僕のために特別なカフェオレを頼もうか」

普段コーヒーを飲みつけない人物からの、手のかかるリクエストも、苦痛ではない。

九十九パーセントのミルクに、一滴のエゴイズムを。

＊＊＊

自由が丘の里見家に一歩踏み入ったとたんに希沙《きさ》良《ら》が空腹を訴えるのも、いつもの話だ。

訴えて、むげに却下されるためしがないのだから、習慣化は当然の帰結だ。

「もしかして俺『パブロフの犬』やってんのか？」

玄関先に現れたとたんに、やや神妙な顔つきで希沙良が言う。

（いまさら？）

希沙良に対してその問いかけを再現するのは、やめておく。

身も蓋もないうえに、ひとつおぼえでは芸がない。

「そんな疑惑に希沙良が今日突然とりつかれたわけを聞こうか」

サラダにあわせるバルサミコ酢のドレッシングを調合しながら、十九郎は理由を尋ねる。

夏江は仕事で、夕食の時間に間にあわないと言っていた。ゆえに従弟《いとこ》とその胃袋をもてなす仕事は、すべて一任されている。

「ここ来ると異様に腹が減んだよ。絶対。必ず」

「あまり正確な表現じゃないな。俺が『鈴だけ鳴らして餌を与えない』ときに初めて、パブロフの犬のたとえが適用される」

「俺も言葉の正確さには、そこまでこだわってねんだけど。まとめると『腹減った』って言いてえだけだから。あと俺、ほっといても成長期だし運動部だしそれに働き者だから腹は減るよな」

「シチューはもうすこし煮込む必要がある。そこのパンなら先に食べててもいい」

「また自分でパンまで焼いてんのかおまえ……。がんばりすぎだろ」

居間のダイニングテーブル上、大皿に盛りつけられたクロワッサンに希沙良が手を出しかけ、途中でやめる。

まずスポーツバッグとラケットケースを部屋の隅に置き、制服のブレザーを脱いで椅子の背にかけ、それから洗面所に行って手を洗い、うがいを済ませ、戻ってくる。

その一連の動作も習慣化されている。無意識下でこなせる程度に。

だが、実験動物と同一のカテゴリで語るべきではない。

心理学も行動学も、邪魔な雑音だ。

十九郎は、そう感じる。

「俺がパンを焼くのは単に楽しいからだよ」

「フーン。趣味?」

定位置のダイニングチェアに腰をおちつけた希沙良が、許可を待たずにクロワッサンをつかみ、大きく開けた口に放りこんだ。

三秒ほど、がつがつと奥歯で咀嚼し、顎《あご》の動きを止めてちょっと思案した。

「……何考えて作ってんだ、こういうの」

「とりたてては何も」

「それ変だろ。おまえ、ものを考えねえでいるの、いちばん苦手だろ」

「強いて言うなら、その製作作業によって、無我の境地に至りたいのかな」

「にしても全力すぎっから」

「そうかな」

「よっぽど辛《つら》い悩みとかあってパンこねてストレス解消してんのかって気がする」

「ちがうよ。大丈夫」

十九郎は苦笑を浮かべ、希沙良を安心させる声音を探す。

(俺の趣味だろうと嗜癖《しへき》だろうと、どちらでもいいんだ)

なぜなら、おまえはいつも空腹だから。

幸運なことに。


「まあ、十九郎が楽しけりゃ俺はべつにいいけど」

美味《うま》いし、と希沙良がつぶやき、二個目のクロワッサンに犬歯を当てた。

LOGOS THREE

しかしなお、主の怒りはやまず
御手は伸ばされたままだ。
（イザヤ書）

ふいに正しい階梯《かいてい》を踏みはずして落下するように

……。

声がきこえなくなった。

(だれの声が?)

がらんどうに反響するような耳鳴り。

遠い。

(痛い。頭が痛いんだ)

無尽蔵の宝など、この世にはないのだから。

あたりまえのことだ。

(これも術力が消える前触れだとしたら)

だれにとっても。

＊＊＊

気がつくと、景色が横倒しだ。

視界の左側には、蒼《あお》く晴れた空。右側にはむきだしの土の色。走っていく子供の、ひどく小さな靴の裏。不規則なテンポで跳ねる鳩《はと》の足。

横倒しの噴水。

間歇泉《かんけつせん》のように時間をあけて強く弱く噴出する水のアーチと、宙に散る飛沫《ひまつ》の光。

きれいだなと思う。

「あれ」

亮介は、意識的に、瞼《まぶた》を開閉させる。

首を動かしてみる。頭上には枝をのばす秋楡《あきにれ》の影と、木漏れ日。頭をすこし持ちあげて、景色の傾きを、修正する。

世界ではなく、自分自身が横倒しになっていたのだ。

寝ていたのは、公園のベンチだった。

「もうしばらく昼寝してていいですよ。神原《かんばら》さんが飲み物を買いにいってますから」

諒《りょう》の声が降ってくる。

無理に起きあがろうとはせず、亮介はその声の在《あり》処《か》を仰ぎ見る。

「一緒だったたっけ？」

「はいー？」

胡乱《うろん》な異物を噛《か》んだみたいな表情で、諒が答えた。

亮介の頭の近くに座っている。

「美術展。諒は興味なくて、留守番じゃなかったたっけ」

「ええ、まあね」

いったん視線を亮介から外して、風の行方を見る。

亮介は、目を凝らす。

なにかをごまかして平気な顔をつくるのが、この親友は、いつだって巧《うま》いから。

「俺がまた倒れたから、亜衣《あい》ちゃんに呼びだされた？」

「水沢《みずさわ》、便利ですので」

「最近の俺、こういうこと多いからって、用心してたんだ？」

「多いかね。そうかね」

「だって、ちょっと来るの早すぎないかな」

「偶然たまたま近場におりましたので」

「偶然とか言うなよ」

亮介が厳しい口調になると、しらじらしい建前を並べるのはやめて、諒は黙る。

喋《しゃべ》るかわりに、片方の掌で亮介の頭をぐしゃぐしゃとかきまわした。

しかたないなと亮介は思う。

諒が素直でないのは、しかたない。

「諒。心配してくれてありがとう」

「それは神原さんに言えばよいことですので」

「亜衣ちゃんにも言うけど、おまえだって堂々と聞けよ」

「俺が亮介のコンディションを把握しておかねばならんのは、業務上の義務であって、そのぶんの報酬も忍から受けとってますから、神原さんとはまったく立ち位置が別でしょ」

「いいよ、どんぶり勘定の、公私混同で。おまえ面倒くさい」

「面倒くさいって、亮介さんあなた、そんなズバッとしたクールな切り口で」

「俺の力も、そのうち消えるのかな。そうなったとき、どんなふうに自分で思うのかな。自分のことだと、なんだか、わからないな」

亮介のつぶやきに、諒が一瞬、動きを止める。

「話の流れが唐突ですよ？」

「うん。ごめん。思いつき」

「亮介が謝る流れでもないが、なぜそうきみが考えたのかは知りたいね」

「俺が『オーラ酔い』で倒れやすいのは昔からだけど、最近は違う理由で倒れてる気がする。根拠はないけど……」

「もしそうだとしたら忍が手を打つでしょうよ」

「諒に、俺のコンディションを報告させてるってことは、もう忍さんには何らかの考えがあるかもしれない」

「いや、それは」

ない、と言いかけて、諒が口をつぐんだ。

斎伽忍の代弁者を自任するのは、愚かなことだ。訳知り顔で、ずうずうしく、神の憑坐《よりまし》の名をかたるのは。

虎の威を借るに等しい。

「すまん。そこはまったくわからん。俺には。正直、ちらっと考えたこともないからまるっきりわからん。すまん」

「そんなに全力でおまえが謝る流れでもないよ」

「たいへん謝りたくなるほど、考えたこともない自分に自分で驚いたわけです。たぶん、ものすごく考えたくなかったからだろう」

「うん」

「明日より先の予想だの予測だの予言なんぞ見たくも聞きたくもないんですよ、天気予報だけは許すけども」

「おまえがそうなのは知ってる。だけどさ……」

「すくなくとも俺の術力は消えないでしょう。俺の力は、他の皆さんにくらべてまだまだ稼働年数が短すぎるので。だから亮介は心配せんで自然なタイミングで後方支援にさがって、現場のヨゴレ仕事は俺にまかせてください」

「そういう決めつけ、おまえばっかり勝手だよ」

「言ってみただけですけどね」

「おまえさ」

亮介は、かっとなって起きあがり、ベンチに座りなおす。

「そんなに未来の話にアレルギーしかなくてまともに考えられないって、ダメだろ。それじゃあ、忍さんに勝つって約束、どうするんだよ！」

「どうするって、反古《ほご》にするともなんとも言うてないですが?」

「なら、いつ勝つんだよ。どうやって勝つんだよ。どういう手順で」

「知りませんよ。忍に訊《き》いてください、段取り的なことは」

「俺、おまえがその件のケリをつけるまでは、何十歳になっても結婚できない」

「は？　いや、きみたちはいつでもしてくださいよ。俺とは関係なくサクッと神原さんを幸せにしなさいよ」

「亜衣ちゃんだって、冴子ちゃんの幸せを待ってるし。こっちだけ無関係でいるの無理だよ」

「大事な人生設計、俺に左右されるのおかしいでしょうよ」

「とっくにもう何回も左右されたし、俺だって何回も左右してやるし」

「困るねえ」

ちいさく息を吐いて、諒が言った。

「亮介と出会った頃には、まさか、やがてこのような脅迫をかけられる境遇になるとは露ほどにも思わなかった俺ですけども」

「うん。俺も」

「不思議ですねえ、人生」

「うん」

「……忍の人生も忍が満足であればそれで本当は」

言いかけた諒が、すっくと急に立ちあがり、地面を蹴《け》って走っていった。思いきりよくジャンプして、噴水の真下の浅い水面をぱしゃんと跳ねあげて着地した。

ばかだなと亮介は思う。

（おまえは本音を言う訓練ができてないから）

まだ。

だから、すこしずつでも。

そのときまでに。

「りょーすけくん！　スプラッシュ人生おもしろいですよ！」

水流を浴びてずぶ濡《ぬ》れになった諒が、大声で叫んできた。

「そこで呼ばれても俺は、同じ真似《まね》はしない」

亮介は淡々と答える。

「諒が無茶しても、見ててやるけど」

「……なにごとなの？」

三人分の温かいコーヒーを胸元にかかえてベンチにたどりついた神原亜衣が、いぶかしげに亮介に尋ねた。

「わかりやすく青春してるってこと？」

「わかりやすく頭を冷やしてるんだと思う」

「ふうん。水沢君、言ってくれれば協力するのに」

特大サイズのフラペチーノにすればよかった、と亜衣が独白した。

LOGOS FOUR

今、なぜお前は泣き叫ぶのか。
　王はお前の中から絶たれ
参議たちも滅び去ったのか。
　お前は子を産む女のように
陣痛に取りつかれているのか。
　（ミカ書）

泣き叫んだのか。

わからない。

名を呼んだのか。

わからない。

ありとあらゆる呪いと恨みを虚空に吐き尽くしたのか。

もはやいっさいの情動を夢幻の檻《おり》に幽閉し、葬り去ってもかまわぬほど？

否、そんなはずはない。

（この記憶は、壊さない。忘れない。壊して、忘れるのは、俺の弱さ……卑怯《ひきょう》さの、せいだ。そうだろう……？）

いつか、昔、そうやって、狡《ずる》く、忘れた。

ひとりで生きろと言われたとき。

さからうために自分を壊した。

ひきとめるために傷口を見せつけた。

忘れることで……現実を、曖昧に葬った。甘えて。縋《すが》って。駄々をこねる赤子のように。

（もう、あのときとはちがう）

いまだ執拗《しつよう》に心に蓋をしたがるのは自衛本能の作用。自己憐憫《れんびん》。すりかえ。投影。乖離《かいり》。転嫁。嘘《うそ》。嘘。嘘。

嘘、だ、と。

嘘だと断じれば、脆い記憶の底で、自我の綻《ほころ》びる音がする。


もう、あのころとはちがう。


「疲れた」

十九郎が言った。

ずっと、忌避し、遠ざけていた、その言葉を。

「もう、疲れた」

……そうか、ようやく、おまえはそれを言えたんだな、と希沙良は思う。

きっと、もっと早く解き放たれるべきだった。

……だから、終わった。

幼年期の遊戯は、ついに終わってしまったのだ。

＊＊＊

虚実の間《あわい》を行き来するように、凍《い》てつく風が吹いていた。

志半ばに死せる者たちの魂と、滅《めっ》されし多くの妖物どもの残り香が、いまだ指で触れられるほどになまなましく、戦場《いくさば》の跡に横溢《おういつ》していた。

「――雪《すすぎ》よ」

名を呼ぶ声がした。

雪は、はっと瞠目《どうもく》する。己は、いずこに置き去られていたのか。

慄然《りつぜん》と、胸の中枢を吹き抜ける冷気の正体を、感受する。

空者沙良耶《さらや》の気配が……見いだせぬ。

（ああ、また）

またしても、と悟り、雪は獣のごとく咆哮《ほうこう》する。

（なくしてしまった）

空者の魂は、輪廻《りんね》転生によって継がれていく。その宿命があるかぎり、主君の死をくりかえし迎えるのも、〈使〉の宿命だ。

しかし喪失の重みに、馴《な》れはしない。

荒れ果てた大地の岩肌に、雪は慟哭《どうこく》とともに、幾度も幾度も拳を打ち当てる。

さりとて生身の人間とちがい、神力によって形作られたまやかしの肉体は、そんなことでは壊れはしないのだ。ひたぶるに押し寄せるのは、久遠の悔恨と懊悩《おうのう》。筆舌に尽くしがたき孤独。

魂ばかりが、滅茶苦茶に千切れてしまいそうだ。

「雪よ。すまぬ。……沙良耶は、転生の輪に還った」

雪の傍らに佇《たたず》み、彼が言った。

白狼王《はくろうおう》。

その身に纏《まと》う美しい戦装束にも、味方勢の血飛沫《ちしぶき》が滲《し》みている。

神々のなかでも理知にすぐれ、静謐《せいひつ》な物腰を崩さぬ空者白狼王が、今生に宿りついている『器』は、いまだ年若き少年であった。

それゆえか、彼の心の波動は、常よりも隠匿されきらずに雪に伝わってきた。

雪と同様に、彼も泣きたがっていた。かなうならば、大声で。

眉宇に深甚なかなしみを刻み、険しき表情を頰の輪郭に映えさせ、少年は告げる。

「すまぬ。わたしが、おまえを生かした。沙良耶を失えばおまえが嘆くと、わたしとて知っていたのに」

「……あなたさまは、御自身が、お寂しかったのでございましょう」

雪は、呪詛に似たつぶやきを吐きだす。

「そうだ」

ためらわず、白狼王が首肯した。

「沙良耶のためでも、おまえのためでもない。むざと沙良耶を死なせたうえ、おまえまでも眠らせては、わたしが自らを赦《ゆる》せぬのだ」

「わたくしには酷薄な仕打ちにございます」

「知っている」

「お泣きになればよろしい！」

叱咤《しった》する語調で、雪は促した。

多大な喪失をくりかえし、それでいてこの惨い歴史に飽いてしまえもせぬのは、白狼王もおなじであろうから。

だが白狼王は、蒼く冷えた唇を、仄《ほの》かな笑みで彩ってみせる。

「伽羅王が泣かぬものを、わたしがどうして泣けようか」

そう、空者総師伽羅王が……。

いまもって、剣を棄《す》てず、闘いつづけるなら。

——天のさだめるところにより、て。

【2012.8】

ありふれた晩餐

２０１４年８月発行

newest day（２０１１年）

ありふれた晩餐（not the Last Supper）（２０１３年）

半秒後の仮想（as a fiction）（２０１４年）

Credo（２０１４年）

「なにもタキシードでドレスアップしろとは言わないけど」

　憤懣《ふんまん》やるかたなし、とばかりに眉根を寄せた冴子《さえこ》に、叱られた。

　アポなしの呼び出しをくらって、深夜十二時十五分という無茶な時刻、東京タワーのご近所まで出向いたというのに。

「どういう靴よ、それ」

「どういうって、こないだ冴子さんが買うてきたナイキのエアですよね」

「あたしが買ったときにはちゃんと靴のカタチしてたわよ！　靴の裏に、それなりの厚みの素材がついてたわよ！」

「そうかすまん。知らぬ間に踵《かかと》は剝《は》げた」

「あんたの場合、身につけるものが消耗品になるのはしょうがないのよ。靴を壊すなとは言わないわよ。でも、今日みたいな日には、履いた時点で気がつきなさいよ！」

「きみの言うところの『今日みたいな日』の定義がわからん」

「知らないの？　新年の一日目って、元日って呼ぶのよ」

「そこは知ってなかったら逆に怖いだろう。さっきまで紅白観《み》てましたしー。行く年来る年も観たかったんですけどもー。もしや年が変わった瞬間に即刻、シノブサマに年始のご挨拶をせえと？」

「それもあるけど初詣もするでしょ。あたしと」

「……あのな。そういう話だったら、最初から、そう言うて素直に誘わんかい」

「そっちから誘わなかった件についての反省はどこにあるのよ！　どうせ亮介《りょうすけ》ちゃんと亜衣《あい》ちゃんの初詣に便乗する作戦で、手抜きしようとしてたでしよ！」

「いや、しかし、待てい……。おまえその恰好《かっこう》で来たら、そりゃあ反則だろう。たしかに俺の靴がものすごく釣り合わんだろう」

両手を降参のかたちにあげて、諒《りょう》がぶつぶつ言う。

「てっきり七五三か成人式かと思っちゃったじゃないスか……」

「勝手にあたしだけ成人させてどうするのよ」

目にも艶《あで》やかな桜色の振袖を着こなした冴子が、仏頂面で横を向く。

「釣り合わなくたって、いまさら逃げ場もないわよね」

「だれも逃げるとは言うとらんですし。コンビニで接着剤買って踵なんぞ貼りつけますし」

「無理しなくていいわよ」

「全力で無茶ブリしといて何をいまさら」

【2011.12】

ありふれた晩餐
(not the Last Supper)

さよならの言い方が、いまになってわからない。

おかしいなと思う。

言いつづけていたはずなのに。

最初の罪をおかした夜から、ずっと。


買い物にでかけるよと亮介が言った。今日は踏切のむこうのスーパーで鶏肉とトマトが安い。

OK了解、どうせヒマだし散策を兼ねて歩いていこうかね。

なぜって、自転車の籠が壊れたままで買い物の役に立たない。あれの修繕は水沢《みずさわ》の分担でしたよね。ちょっと最近ぼんやりしていて忘れていた。ごめんなさい。謝ると、亮介はいいよと答える。いいよ大丈夫。

「亮介くん、ちなみに安いってどれくらい」

「通常より十五円は安い」

「ああ、それはすごいことですね」

「すごいことだろ」

堅実な生活をしなくちゃならない。家出人らしく、という亮介のカタクナなこだわり。正しいけれど微妙に面白い。家出人を名乗るには、きみは荒《すさ》んでなさすぎるのかも。

ねえ亮介くん、われわれの共通の知人であるところの金持ちに、早いうちに遺言書を書かせるべきじゃない？　適正な、財産分与の。きみの無垢《むく》な青春を、あいつや俺や冴子の意地にあわせて気の毒な方向にねじまげたかどで、賠償を。たとえば六本木のマンションを一棟、土地つきで。

「献立、どうしようかな。すなおに煮込もうかな。鶏肉と根菜のトマト煮込み。俺、今日は美味《おい》しく作れる自信がある。亜衣ちゃんが上等なローリエの葉をくれたから」

靴紐《くつひも》のきちんと結ばれたスニーカーをアスファルトに踏みだして、首を上に向けて夕方の涼しい風に頬をさらしながら、きみが話す。濁ってない、欺瞞《きまん》のない、裁かれる必要のないひとの、まっすぐな背中で歩く。まだ空気は冷たいけれど、重い石臼にじりじりと挽《ひ》きつぶされるように季節は変質しつづけていて。すなわち春の到来。否応《いやおう》も容赦もなく。

「気がついたらトマト入りのカレーになってるかもしれないけど。それはそれでいいか。おまえカレー好きだし」

うん。カレー好きよ。さすが亮介さん頼もしい。

俺がきみといっしょに歩けないなんて思わないでください。

なんのために俺がいるのか、俺だって知っているんです。

ただ過去を嘆き、未来をおそれるためではなく。

俺に生きろと命じた神の、生きられない時間のぶんも。

なあんてさ。

新味がなくてつまらんね。紋切り型すぎて。

「諒」

ふりかえって亮介が呼んだ。真実を読みとる両眼で。

「もしどうしても泣きたいならすこし立ち止まるけど」

「勘弁してください。俺にも恰好つけさせてください」

「じゃあ、一足早い花粉症かな」

「イエス、そう。単なる花粉のイタズラ。すみませんね」

いいよ大丈夫、と亮介がまた言う。大丈夫。

「おまえのそれと、長くつきあう覚悟はできてる」


【2013.10】

半秒後の仮想
(as a fiction)

いのちを消すのはわるいことだと、どこかの大人に教わった。

だれのものであろうと生命は等価。

正邪の区別はなく。


ひとごろしを、自分がしているなんて、思いはしなかった。

妖者に憑《つ》かれた人々の肉体を、数えきれない回数、自分自身の特殊な手で石ころに変えてきたけれど。

幼い子供のころから、罪を恐れずにいられた。

対峙《たいじ》するそれがまだ人間なのか、もう人間ではなくなったのか、見極める役目はいつも十九郎《じゅうきゅうろう》に委ねてしまえたから。

彼に負わせた重責の意味も知らずに。


どこからどう見ても〈妖の者〉に全身を支配された女の胴を、手刀の光輝を翻して、ざくりと分断した。血の一滴も流れない。すでに心臓まで喰《く》らわれ尽くしたことがそれにより証明される。プラスティックのマネキンを壊すのと同等の手応え。そして術力に灼《や》かれる悲鳴とともに偽りの人体は消滅し、真夜中のアスファルトに綺麗《きれい》な翡翠《ひすい》色の石が跳ねる。

とうに慣れて日常化したプロセス。

なのに胸にせりあがる真新しい吐き気に希沙良《きさら》は呻《うめ》く。

よろける足で殺戮《さつりく》の現場を離れ、闇夜に浮いた灯火のありかを目指す。中途半端に地表にめりこんだ恒星のように眩《まぶ》しい光の正体は無個性なコンビニエンスストアだ。店内のトイレに踏みこむと不潔な臭気でますます胸が圧迫される。吐いてしまおうとしたが、うまくできなかった。知らない場所で平然と嘔吐《おうと》できない俺はまだ臆病だ、と思う。

「オツカレサマデス」

トイレを出たところに水沢諒が待ちかまえていて、芝居がかった物言いをする。

「レッドブルなら奢《おご》りますが？」

「……なんでレッドブル一択なんだよ」

「エンジェル水沢、キサラクンに翼を授ける」

「うさんくせえ。要らねえ」

「あらそうですか残念。どっちみち、これはありがたく回収しますけども」

指の合間に挟んだ『玉』を顔の高さに持ちあげて、諒が言った。

「こいつを忍《しのぶ》に喰わせるのが俺の仕事ですから俺にはありがたい。和泉《いずみ》君の労力にも、なんらかの対価があっていい気がするが迷惑かね」

対価。

こんな吐き気とひきかえに何を得るのか。考える。考えてもわからない。


(仕事？)

水沢諒は体裁のいい言葉でごまかしている。それは希沙良にもわかる。割り切れず、もつれてほどけない束縛があるから、今夜もだれかの死骸をポケットにしまいこむ。

めんどうな生き方をしている。

だから何だ？　お互い様な話だ。

「プレミアムロールケーキなら食ってもいい」

「それよか、こっちの二個入りショートケーキをボクらがシェアしたらお得じゃね」

「てめえと分けんの前提かよ」

「二個入りなのに分けないほうが逆にビックリじゃよ」

うわのそらで、表面だけ取り繕って、ほんとうに口にしたい言葉は迂回《うかい》して、無駄な話をすればいい。

身についていくんだろう。かつては知らずにいた闇も光も。

一秒ごとに。

【2014.8】

Credo

ただひとつ手渡したかったものは、何？
いま奏でられるは生命の原初の一音。pianissimo, spiritoso.
真実と競いうる速度にて響かん。
滑空する高音域の白鍵、金色の軌跡。
低く重く舞踏する黒鍵、さかんな熾火《おきび》。
東からの風が散らす花弁のように、ほのかに。
宿命のもとに集った群星の瞬きのように、たしかに。
（そう、かのプレアデスのごとく、此処《ここ》に光輝の集合は在りて）
見誤らずに来よ。
殉教の徒ら、まよわず告げよ。
神の実存を。

「いつまでたっても十九郎のピアノは、格式の高い賛美歌《コラール》のようだね」

斎伽《さいが》忍が言う。

六本木に聳《そび》える彼の私邸、九〇七号室の奥の書斎で。

象牙《ぞうげ》の白鍵と黒檀《こくたん》の黒鍵が美しく調和するアンティーク品のアップライト・ピアノは、室内に馴染《なじ》む装飾品のように置かれ、それだけでなく万全に調律されている。

鍵盤から指を離した十九郎が、興味深げに彼に尋ねた。

「ご不満でしたか？」

「べつに腹を立ててはしない。すこし、気の毒に思えたんだよ」

「憐《あわ》れまれるのは心外です。やかましい曲調がお好きなら、『剣の舞』でも弾きましょうか」

「僕の趣味を酌んで無理をする必要はない。弾きたい曲を弾けばいい」

「俺にとっては無理ではなく、努力です。俺は、あなたに褒められたいんですよ」

「知っているよ。いつも僕なりに精一杯褒めているのに、伝わらないのは残念だ」

「せっかく褒めた甲斐《かい》がないでしょうね」

「褒めるに値する十九郎もいいが、褒めるに値しない十九郎のことも僕は好きだということを、わかってほしいな」

「……それは……どうも」

多少ならず動揺した十九郎が、二の句に困窮する。

「甘やかされる習慣がないので、気の利いたお答えができず、すみません」

「見ていておもしろいから、かまわないよ」

「俺という人間は、もともと観賞を用途としては、つくられていないんです。目を愉《たの》しませるのなら、希沙良のほうが」

「そうかな」

遠い天意を垣間見るように、彼が――神と人との狭間《はざま》を生きるものが、薄青の双眼を上へ向かわせる。

「おまえをつくった創造主に問わなければ、それはわからない」

信教の証を立てよ、捧《ささ》げうるもの余さず燃《く》べよ。

結縁の証を抛《なげう》つなかれ、あらゆる苦を一身に享《う》けよ。

いつか、だれも、虚《むな》しき空の掌を、天へ還《かえ》さねばならぬから。

そのときは財も宝飾もなく。

「あなたの部屋でピアノを見るのは初めてですが、弾きたくなったんですか？　それとも、冴子さんが？」

「いや。僕が、おまえに弾かせようと思って買ったんだよ」

「このピアノの価格は、そんな些末《さまつ》な目的のために気軽に買っていいレベルのものでは……」

「些末ではないさ。僕が僕の利益を正直に獲得するのは、大切なことだ」

「………」

十九郎がなにかを言いかけ、自制心を作用させた表情で唇を閉ざした。

「斎伽さん。いまの俺の心境を述べるにあたっては、一万字程度のレポートを提出することで、代えさせていただきたいんですが」

「だめだよ。言ってごらん、正直に」

忍が促す。

眉間に皺《しわ》を刻み、言いにくそうに十九郎が答えた。

「馬鹿なのかな、と」

「ふふふ」

満足して、忍が微笑した。


【2014.8】

metro

２０１５年８月発行

アンダーグラウンド（２０１５年）

胡蝶（２０１５年）

ビハインド（２０１５年）

（すべて書きおろし）

アンダーグラウンド

暗渠《あんきょ》。

地下に隠された、河川あるいは水路。

斎伽忍《さいがしのぶ》が話す。

「ふいに興味が湧いてね」

「都内の暗渠について調べているところだった。世の中には多くの『暗渠マニア』がいるらしい。おかげで、ネットの記事を読むだけでもおもしろい。有名な暗渠は渋谷駅の下を流れていた渋谷川だが、駅の改築に伴って川が移設されることになった」

彼が私有する六本木のマンション、九〇七号室の窓辺、いつもの指定席の籐《とう》椅子に膝《ひざ》を組んで座り、午後のつつましやかな陽光に黒髪を透かし。

そして今日の彼はごく自然にくつろいで多弁だ。たのしそうだなと亮介《りょうすけ》は思う。

彼があやつる言葉のかろやかさが、亮介には嬉《うれ》しい。

「そういう……古くからの川の流れが、人間サイドの都合で変わったりすると、弊害があったりしないんですか？」

「亮介の予測する弊害とは？」

「ええと、たとえば……なにか悪い現象を寄せつける系、とか。こういうの、スピリチュアル系っていうのかな？」

「そちらは我々の管轄の仕事ではなさそうだ。龍脈や鬼門についてはその分野の専門家のほうが、僕よりも役に立つよ」

「あ、そうなんだ。なんか、忍さんからはっきり言ってもらえると、気が楽になります。あちこちの問題全部、ひきうけるなんて無理ですよね」

「この国にはただでさえ八百万《やおよろず》の神々がいるのだから、僕は僕に似合いの仕事だけを果たせばいいのさ」

「八百万かあ。たまに神様同士の異業種交流会みたいなのがあったりしないんですか」

「なるほど。その手の『婚活パーティー』のような華やぎは、ときどき僕の無味乾燥な日常に必要かもしれないいな」

　亮介と忍の軽口がかみあって横滑りを起こしたあたりで、リビングルーム併設のミニキッチンに向かっている冴子《さえこ》がきりりと眉をつりあげた。ちょうど沸騰したケトルが湯気をふきあげたタイミングでもあった。

「亮介ちゃん、忍様におかしな入れ知恵しちゃだめよっ。合コンなんかで、へんな女にひっかかられたら困ります」

「ごめんなさい！　いや、でも俺はべつに具体的に『婚活』とか『合コン』とかのニュアンスで言わなかったつもりだけど！」

「亮介のせいではないよ、冴子。心配をするほどのことではない。想像上のゲームをしただけさ」

斎伽忍が言う。

　窓ガラスから零《こぼ》れる光のなかに左の掌をひらき、その中心をまっすぐ縦にのびる運命線を右手の人差し指で辿《たど》るしぐさをした。

　亮介はそれを単なる手遊びとは思えずに、視線で追いかける。

「仮に運命の道筋というものが、地上に築かれる人の営為にあわせて整備された舗装路のように画然と目の前にのびていたとしても……地表の下に隠された暗渠の存在を、くりかえし想像すること。これが僕の、運命との戦い方なのだろう」

「はい」

　哲学的でむずかしい話だと亮介は感じるが、忍のめざしているものをしっかりと肯定したくて、うなずく。

　肯定が必要だ。肯定は彼のための力になるから。

　盲従ではなく……。

「亮介は僕に、なにか頼みごとがあるんじゃないのかい」

話題を変え、忍が促した。

淹《い》れたてのハーブティーを冴子が運んできた。二客のカップアンドソーサーが、サイドテーブルに置かれる。優しげな植物の香り。

「あの……じつは」

にわかに亮介は緊張し、言いよどむ。

「最近、人物画を描くのが、好きで……いまはとくに好きなだけじゃなくて勉強の意味でもたくさん描くことが必要なんですけど……」

「うん」

「でもこんな挑戦はさすがに無謀っていうか、ぜんぜん勝算がないというか、高望みしすぎだろって自分で思ったんですけど」

「言ってごらん」

「俺、忍さんの肖像画を描いてみてもいいですか」

意を決して尋ねた亮介に、冴子が目をまるくした。

「忍様を描くのって、そんなに重大な覚悟がいることなの？」

「あたりまえだよ、大変だよ！　めったな腕前じゃ言えないよ。俺がフェルメールくらいすごい絵描きならともかく……。いま、言っちゃってどうしようって思ってるよ」

「たしかにあたしは一枚も描く気はしないけど、亮介ちゃんならいいじゃないの。それはもう、目がくらむほど綺麗《きれい》に神々しく描いてくれるでしょ？」

「ほら。すでに、下手だったらゆるさないって、遠回し気味に言ってるよね」

「僕は嬉しいよ」

ウェッジウッドのティーカップをとりあげながら、涼やかに忍が言った。

「たとえ『絵にも描けない』種類のものであっても、ひとつひとつ見つけ出して拾いあげることが、亮介の戦い方だろう」

「すごく最初からハードルが上がってる気がします……！」

「そうかな。信用しているんだが」

萎縮する亮介を慰める微笑とともに、忍が告げる。

未来を象《かたど》るための言葉を。

「たのしみにしているんだよ。僕は、本当に」

胡蝶

夢を見たのは、だれか？

＊＊＊

目をさますと真上に太陽。

白昼の日射しだが暑くはない。まだ春にはなっていないから。

希沙良《きさら》はまばたきをする。たぶん長くは眠っていない。

芝生に寝転がっているうちに、うたた寝をした。

たぶんそれだけ。

広い公園の、緑の芝生。

サーモボトルからカップに注いだばかりの、ホットコーヒーの新鮮な匂い。モカだったか。それともキリマンジャロ。なんだったか忘れた。

「おはよう」

傍らに座っている十九郎《じゅうきゅうろう》が言う。

その手には英文の書物。

本の題名は光の反射で読めない。

「……ドーナツがあんだっけ？」

ぼんやりと希沙良はつぶやく。

目の奥が重たく痛んで、なぜだか気分がわるい。

「マドレーヌとフィナンシェなら焼いてきた」

受験を控えた高校三年生男子に似つかわしくはない科白《せりふ》をさらりと十九郎が口にするが、それは違和感をおぼえるべきところではない。

十九郎は、そういう人間だ。昔から。

「あれ？　そっか……」

「希沙良のニーズを読みちがえたかな」

「んなことねえし、おまえのつくる焼き菓子好きだし、食うけど普通に」

「あっ、先にマドレーヌいただいてるけど、おいしいよ。コーヒーも」

崎谷《さきや》亮介が言う。

なんだそれと希沙良は思う。

（なんだ？）

この場所に亮介が一緒にいるという想定がなかった。

けれど亮介がいても、おかしくはないだろう。

亮介が膝にクロッキー帳を置いているのは、このごろ亮介が人物画を描きたがっているからだと、わかっている。

「崎谷おまえ、なんで俺よか先にいただいちゃってんだよ。食うなら起こせよ」

「えっ。ごめん。希沙良よく寝てたし」

「三分くらいっきゃ寝てねえよな？」

「そうかな？　でももうけっこう里見《さとみ》さんのスケッチはできたし」

「マジか。見る」

いいかとも訊《き》かずにクロッキー帳を奪った希沙良に、亮介が「うわー」と唸《うな》った。

「わーじゃねえだろ、他人に見せるために描いてんだろ」

「そうだけど見られる前にさ、いちおう心の下準備をしたいんだけど……」

「……やべえ。むちゃくちゃ似てる」

亮介の抗議をよそに希沙良は真新しい鉛筆画を眺め、笑いを嚙《か》み殺す。

「十九郎これ自分で見たか？」

「いや。俺のほうも、心の準備が必要だ。崎谷君の眼力に対して、自分の性根を隠しおおせる自信がない」

「大丈夫なんじゃねえか？　崎谷が描くと十九郎も、すげえ心のきれいな良い人っぽくなんのな」

「俺でさえも？」

十九郎が微笑して言う。

ひきこまれて希沙良も彼に微笑を返しそうになったが、透明なブレーキが作動し、ぎごちなく唇が固まった。
（そうじゃない）
交わされるはずの言葉と想念は。
こうではなかったのに。
（シナリオがない）
慣れ親しんだ会話のかたちが、行方知れずだ。
なにも言えず、なにもできない。
胸に鉛を詰めたように、ただ。
眩暈《めまい》と。
螺旋《らせん》の幻覚。
「なあ」
希沙良は声をひそめ、そっと十九郎に尋ねる。
「俺がまだ夢を見てんのか？　それとも、これがおまえの見てる夢なのか？」

＊＊＊

（……反復）

幾度も細部を変えての反復。
あるときは憧憬《しょうけい》のように。
あるときは執着のように。
（おはよう、と……おまえに……くりかえす）
浅い眠りに、たしかな終焉《しゅうえん》が訪れるまで。

ビハインド

「俺が日記を書いたら、きみ読みます？」

　唐突なタイミングで唐突なことを、壁際にしゃがんだ水沢《みずさわ》 諒《りょう》が尋ねた。

　傍らに立つ冴子は、思わず眉間に皺《しわ》をきざむ。

　私立高陵高校、校舎の一階の廊下のつきあたりで。崎谷亮介と神原《かんばら》亜衣《あい》の部活動が終わるまで待つ間の、無目的な日常会話の一環。

　どちらも本来の身分とは合致しない、普通の高校生らしい無個性な装い――男子は学ランで女子はブレザーだ――を隠れ蓑《みの》に。

　せめてもの、擬態。

　その平和さが、まさか、ぴったりと自分たちに似合うわけはないけれど。

「どういうこと？　つまりたとえば、あたしと、キティちゃんのノートで交換日記を始めたいとかそういう話なの？」

「いやそこまでファンシーな話ではない」

「キティちゃんのノートでおともだちと交換日記をするのが夢だった幼少時のあたしを、よくも全否定したわね！」

「幼少時の冴子さんがそんなドリームを抱いてたとはつゆ知らないですし。ていうかそういう気の毒なエピソードはもっと早めに言ってくれなさい」

「そうね。気の毒と言われれば、昔の『箱入り娘』のあたしはなかなか気の毒かもね。保育園も幼稚園も小学校も中学校もなにひとつ味わっていないなんて人生の損失よね。そのぶんを取り戻すためにも現在この高校生活を全力で謳歌《おうか》してるからいいけど」

「前向きでよろしいね」

「それはそうよ。あなたの後ろ向き加減と、足して二で割りたいくらいよ」

「まったく同意であるが、あのねー、水沢君ねー、後ろを見るの好きなの。趣味なの」

「居直ってんじゃないわよ」

さすがに冴子が声音に怒気を混ぜると、諒が黙った。

冴子は溜息《ためいき》をひとつこぼし、指先で自分の髪の一房を弄《もてあそ》ぶ。

「……日記を読んでほしいの？　それとも読まれたくないの？」

「イイネボタンは押されたいですよね」

「は？　なにそれ？　ブログ？　フェイスブック？　そもそも、その手のものが続きそうに見えないけど？　メールの返事もろくに書かないじゃない」

「メールの返事はするじゃろ水沢も」

「空メールもしくは『了解』の二文字のメールを返事と呼べるならばね」

「その空メールおよび二文字メールをやめたまえよという貴重なご意見は、崎谷亮介様からもいただいております。そして文体改善のために、まめに近況を書く訓練をしたらどうかとのご提案も」

「なら亮介ちゃんがイイネボタンは押してくれるわよ」

「あのひと同居人なので、近況をけっこう共有しているんですがね」

「あと、絶対に忍様は読んでくださるわよ」

「あのひと雇用主かつ神様なので、水沢の近況などは大半ご存知じゃないですかね」

「じゃあやっぱりあたしに読ませたいんじゃないの。素直にそう言えば？」

「しかし毎日きみが僕にイイネと思ってくれるとはかぎらんですよね。そういう事態に、どう備えたらよいのかというリスク管理が現状むずかしく感じられたり」

「…………。ちょっと待って。話の焦点がよくわからなくなってきたわ」

「あー。たしかになんだか別の路線のお話になってきた模様。深追いしないでください」

「毎日イイネと思われたいなら、そっちも怠けずに毎日あたしに言うべきよ。それなりに誠意のアピールっていうか……親愛の情の表現を……？　待って、あたし学校でなに言ってるの」

　あわてて言葉をきりあげ、紅潮した頬を掌でおさえて冴子がそっぽを向く。

　困った表情で諒がぐしゃぐしゃ頭を掻《か》き、うわめづかいに尋ねる。

「この話、もうちょい続けます？」

three short stories linked to

『ハイスクール・オーラバスター・リファインド

白月の挽歌』

【2015.8】

魔法を信じるかい？

２０１５年12月発行
（書きおろし）

piece 1

なんとなく崎《さき》谷《や》亮介《りょうすけ》が新宿駅の構内にいるような気がする。

　新宿駅南口、甲州街道沿いの舗道に立ちどまって、希沙良《きさら》はすこし待ってみる。

　三分ほど待ったが、日が暮れたあとの十二月の寒空の下、待ちきれなくなったので文明の利器を使うことにする。スマホのロックをはずし、亮介の番号に電話をかけた。

「おい。なにやってんだおまえ。暇ならさっさと来い、暇じゃねえなら俺のアンテナの圏外に出てろ」

「希沙良の圏外がどこまでなのか俺には計り知れないんだけど」

「だよな。でもおまえ暇だよな」

「そうかなあ……いま俺暇なのかなあ……」

「ちょうどスタバのジンジャーブレッドラテ飲みてえ気分だよな」

「それ希沙良の欲求としか……。まあ、来ちゃったけど」

　通話しながら、高陵高校の制服にダウンを羽織った姿の亮介が駅ビルの扉をくぐり、最初から待ちあわせていたように希沙良の立っているところに到着した。こういうとき、亮介の視力は高精度のＧＰＳに匹敵する。

「けっこう俺、希沙良に強引にリモコン操作されるの、好きなんだよね」

「俺は本人の意思は尊重してるだろ。強制してねえし」

「うん。『希沙良が俺に会いたいんだな』って、ちゃんと翻訳機にかけて変換してる」

「崎谷まで十九郎《じゅうきゅうろう》みたいなセリフ言いやがる」

　希沙良が渋面をつくると、あははと亮介が笑った。

「黒帯ホルダーの里見《さとみ》さんと同列に語っちゃダメだ

よ。俺なんか絶対勝てない」

「競技かよ……」

見えすぎるのを防ぐための伊達《だて》眼鏡を亮介はかけたままだ。昨今、亮介の感覚のするどさはインフレ傾向にあるので。

しかしあたりまえのようにそこに満ちている宝には、期限がある。

どれほどの奇蹟《きせき》をおこす力も、やがて消失する。自然の摂理として。

（それに逆らったやつを知ってる）

天と地の仕組みに抗《あらが》った、叛逆者《はんぎゃくしゃ》の名を、希沙良はよく知っている。

いま崎谷亮介に対して要求した芸当を――全世界のなかから自分ただひとりを発見してもらえるなどという甘美な魔術を――以前と同じ気安さでくりかえすことは、もうできない。

けれど、べつに、かまわない、と希沙良は思う。

べつにいい。

必要なら本物のＧＰＳだって使えばいい。

「最近、希沙良はアンテナ磨く訓練とかしてるんだ？」

「んなわけじゃねえけど、今日は都合よくおまえが近所にいて」

「……『都合よく』」

「……『ありがたく』な」

亮介がくりかえした部分を、希沙良がぶっきらぼうに訂正する。

「うん。俺も、買い物のついでにスタバくらいなら寄れる」

「買い物って画材か」

「もしかして読心術も磨く訓練してる？」

「してねえ。俺がふつうに崎谷がどんなやつか知ってるだけだろ。おまえは画材にばっかりカネ遣う」

「そうだよね」

「ふつうの俺のほうがいいだろ」

「ふつうじゃない希沙良ってどんな希沙良だろう」

「ああ……たしかに、どんなんでも俺は俺だよな」

「そうだよ」

　希沙良と肩をならべて歩きだした亮介が、車線の向こう岸を彩るクリスマスイルミネーションを眺める。

「サンタクロースって、来てくれるかな」

「来るんじゃねえの、ふつうに」

「『サンタいる派』だっけ」

「『いる派』っつーか『十二月二十五日午後十一時五十九分まで待ってても来なかったら俺がコスチューム着てサンタになる派』」

「かっこいいな」

「そりゃそうだろ……。いや、そうじゃねえな、適当に嘘《うそ》ついた」

「ひっくりかえすの早いなあ」

「やっぱサンタはいるだろ。なぜなら俺はサンタにプレゼントをもらえる良い子だから、俺は俺自身とサンタを信じる」

「そうか、根拠は自分自身なんだ」

「だって俺は幸せにならなきゃ嘘《うそ》だろ。ていうか俺すでにけっこう……もらうもんはもらってんだよな、サンタだか神様だかそのへんに。どこからサンタの管轄でどこから他の連中の縄張りか区別つかねえから、まとめて感謝はするよな」

「希沙良はさすがだなあ。見習いたい」

「崎谷と俺の立場は同じじゃねえんだから、おまえはおまえで愚痴こぼしたりしろよ。悪いけど俺、自分の利益しか見てねえし」

「愚痴……むずかしいな」

　亮介がつぶやく。

「そういえば冴子《さえこ》ちゃんと諒《りょう》がしばらく喧嘩《けんか》してるらしい件だけど」

「犬も喰《く》わねえやつだろ、ほっとけ」

「ほんとは、あんまり、つまらない理由じゃなかったた。でも俺は、どちらにもまだ、なにも言えないんだ」

「フーン……」

希沙良は首を上向け、藍色の夜空を仰ぐ。凍える夜気に息を吐いて溶かす。

どうでもいいとは言えない。無視はできない。他人事《ひとごと》ではないから。

なんのために里見十九郎は神に抗い、運命の筋書きのとおり神に敗れなければならなかったのか？

だれの、かぎられた生命のために。

どこに隠匿された、ひそやかな悲しみのために。

——なにひとつ関係なくなどはなかった。

「サンタ来るといいな」

だから希沙良は静かな祈りとともに言う。

いつか、天頂のいちばん大きな星をつかめると無邪気に信じた。あのころとは自分のなかみが、かすかに違っているとしても。

魔術の消えた世界でも。

piece 2

退院の許可は、案外早く出た。

後遺症の心配はほとんどないはず、と七瀬《ななせ》冴子は語った。

ただしあくまで肉体的にはだけど、と念を押した。

心的外傷後ストレス障害《PTSD》の諸症状は、彼女の超常能力の「治療対象」に含まれない。

ゆっくり時間を費やして対峙《たいじ》してゆくしかないのだと、十九郎も理解はしている。

空者伽羅王《からおう》の剣に討たれる――死の記憶。

「従順に処方薬を服用し、まじめにカウンセリングに通うべきかもしれないが、俺たちの経験したものごとをありのままに話せば、荒唐無稽すぎてカウンセラーを困惑させるだろうな。あるいは、過剰に想像力を働かさせすぎる病理だと誤解されるかな」

十九郎が自問を兼ねてつぶやくと、遠野《とおの》一真《かずま》があきらかな嘲弄《ちょうろう》の意図をこめてふんと鼻を鳴らした。

ここが遠野家の経営する病院であることを最大に活用し、かなりの頻度で一真は病室を訪れる。十九郎には個室があてがわれており、邪魔者も傍観者もいないとなれば、なおさら遠慮はない。

「きみが他人を困惑させるのは、きみの人格にそもそも問題があるからだ。斎伽《さいが》の血のせいにするのは建設的じゃない」

「ありがとう」

一真の親切な指摘に、十九郎は謝辞を述べる。底意があるわけでもない、シンプルな感謝なのだが、一真は喜色のかけらも浮かべない。

「ずいぶん殊勝に、例の言いつけを守っているんだな。和泉《いずみ》希沙良の」

「べつに俺は強迫的に、謝罪を避けているつもりはないんだ。三枚しかない手札を俺が遣いきっただけだ。これ以上謝ったとしても、希沙良に怒られるだけだよ。世界が滅ぶわけではなく」

「きみのことだから、その和泉希沙良の言いつけもきみにとって都合のいい懲罰として、じつは嬉々《きき》として引き受けているんじゃないのか」

「希沙良は俺という人間をよく理解してくれている、とは思ったよ」

「全体的に腹が立つな」

なかなかストレートな発言を一真がする。

「カウンセラーの代行人は僕が手配してやろうか？ 週に一度程度、鎌倉にて碁でも打てばいい。われら道者四名、実体験を踏まえて話し相手になってやる」

「謹んで辞退する。心の弱い俺には、荷が重い」

「そういうことをぬけぬけと言うときは、僕に対しては謝っていいんだ」

「ああ、そうか……ごめん。一真の気持ちはありがたく頂戴《ちょうだい》する」

「それが長続きすることを僕も願う」


一真が溜息《ためいき》をついた。

十九郎は真新しい白いシャツの袖に腕をとおし、ボタンを順番に塡《は》めてゆく。

入院患者用のパジャマよりも硬い襟元の布地に、指先をひっかけて動きを止める。

喉の詰まりそうな服は、以前にくらべて不得手になった。心肺停止の体験を、表層意識は忘れていても、肉体は忘れずに怯《おび》えるのだろう。

おのれの血肉がまだ凍えず腐らず、生きている、という現実に、本能は納得をしていない。齟齬《そご》を感じている。

（こなごなに——胸のなかみを、こなごなに、砕いた、のに、生きている）

なにも起こらなかったかのように偽装することはだれにもできない。

そのとき、ノックを省略してがらりと勢いよく病室の扉を引き開け、希沙良がちょっと顔をしかめた。

「おい。今日退院だろ。さっさと、もっと分厚く着込んどけ。外、寒いぞ」

「希沙良、学校は」

質問というよりは確認として、十九郎が声をかける。

「試験休みだから俺が迎えに来た。夏江《なつえ》さんはご馳《ち》走《そう》の支度して待ってる。メインは、夏江さんのいつものスペシャル手巻き寿司」

「ありがとう」

「夏江さんのディナー、俺が一緒に食わねえと、十九郎だけだと絶対処理できねえボリュームだから。あと俺の一存でメニューに肉が増えた。黒毛和牛最高級A5ランクのフィレステーキ。あれ残したら超やべえからな」

「怖いな。……もしよかったら一真も来てくれないか」

「断固として、ごめんだ」

十九郎に勧誘された一真が、即答で断った。

「水入らずで、ご母堂に何度でも叱られるといい。いい気味だ」

「黙って肉だけ食ってすぐ帰りゃいいのに勿体《もったい》ねえやつだなー」

希沙良がつぶやきながら十九郎の上着《ジャケット》を手にとり、肩の高さでひらいて、左右の袖に腕を通させてやる。

「僕は、きみとは違うんだ……」

一真は希沙良に反発しようとするが、言葉の途中で、どうでもよくなった。

和泉希沙良と自分は違う、というのは、あたりまえすぎる現実だ。

あたりまえのことを言葉にしたからなんだというのか。

「まあ、いい……。十九郎、定期通院は怠らぬように」

「了解した。一真、ありがとう」

足早に一真は病室を退出し、後ろ手に扉の取っ手をつかんだ。そのまま会話が終わっていたらダメージは増大しなかったのだが、希沙良が「おう、またな」と一真の背中に気安い声を投げたため、つい一真は背後をふりかえってしまった。お互いに友好的な関係が結ばれるような経緯は、まだなかったはずだと思ったのだ。

「どうした」

一真の視線に気づいて、希沙良が尋ねる。

どちらかといえば一真の視線は希沙良にではなく、着せられるままにニットジャケットのうえにチェスターコートを重ね着し、さらに無抵抗に首まわりにぐるぐるとカシミアのマフラーを巻かれている最中の里見十九郎の姿に向いている。

「いや」

おそらくこれは大声で笑ってやってもいいシーンなのだろうなと考えつつも、無表情に一真は答えた。

「退院おめでとう」

piece 3

非公式なかたちの入院だったので、いざ退院の日となっても、これといって煩雑な手続きはない。

タクシーで自由が丘まで帰ろうと希沙良は促したのだが、十九郎はやや思案してから、提案する。

「すこし歩こう」

「寒いだろ」

「自立歩行のリハビリをしないと」

「リハビリなら昨日も一昨日《おととい》もしたし、明日もするだろ」

「希沙良と歩きたい」

「……まだおまえ、ワガママの使いどころがよくわかってねえな」

「そうかな」

「入院生活に飽きてただけだろ」

「そうでもないよ」

「あー、じゃあ、疲れたら言え。そこからタクシーな」

「ありがとう」

冷えた清潔な空気を頬にうけて、一歩ずつ、アスファルトの感触をたしかめるように足を運んでみる。

未知の世界の輪郭を、たしかめるように。

予想ほどは峻厳《しゅんげん》でなく、危惧したよりは柔らかな。

むろん前途にひろがるものは、かつて渇望したとおりの世界の全容とは、異なってしまっているけれど。

（散る光の粒子、あれは幻ではなく）

残影でなく。

残骸でなく。

空を仰ぎ見れば、晴れた午後の陽光のなか――透明な結晶のかけらが気紛れな妖精のように躍っている。

「風花かな」

「なにが？」

「遠くで降っている雪が、風にまざって飛んできているんじゃないかな」

「ああ……。おまえ相変わらず、目がいいな」

　つぶやいてから、希沙良が仄《ほの》かに自分自身を叱責する表情になる。

「とくに意味があって言ったんじゃねえけど、気に障ったら気に障ったっておまえも言えよ。そしたら謝る」

「謝られたくはないな。俺はたぶん、いまでも、綺《き》麗《れい》なものを見るのは得意だ」

「そっか」

「希沙良が綺麗な子でよかった」

「……ちょっと待っていいか。素でサクッと言う種類のセリフか、それ」

「自然に視界にとびこんでくるから、見失わないで済むんだ」

「…………どう答えていいかわからねえけど、つまり俺は褒められてんのか」

「希沙良にとっては、『いいお知らせ』とはかぎらないな」

「マジか」

「意外と俺は平気で、今後も希沙良のことを観察しつづけるだろうな。つまり、そういう話をしたんだ」

「フーン……。黙って観察されんのは微妙に怖いから、なるべく俺と会話しながら俺の情報を収集しろ」

「わかった。そうしよう」

「でもそれ『いいお知らせ』のほうだろ、俺には」

「いいか悪いかは、俺ではなく希沙良が決めることだと思ったんだ」

「あんまヘンな遠慮すんな。あと心配すんな」

　唇をひき結び、たしかな意志のそなわった横顔で希沙良が言う。

「俺も、なるべく綺麗な子でいてやっから。ていうか、どうせオッサンになっても俺は綺麗なオッサンにしかなんねえから心配すんな！」

「うん」

うなずきつつも、十九郎がふっと笑いだす。

「その点についての心配はしていなかったけれど、希沙良の未来像を想像すると、何歳の希沙良も楽しみだな」

「だろ。よかったな、俺みたいな将来有望なのが隣にいて」

「うん」

「こんな優良物件になるまでおまえが育てたんだから、胸張って、威張ってろ」

「うん。感謝をしているよ。希沙良にも、過去の時制の自分にも……」

十九郎が途中で声を句切り、つづくべき人物の名を沈黙に沈める。

あるいは神の名を。

それはまだ、このうまれたての新たな世界には、しっくりと馴染《なじ》まぬけれど。

(信仰は棄却されたか、否か)

——回答は、もう一歩先の未来に。

「希沙良といっしょにパンケーキを食べてから帰ったら母さんに叱られるかな」

「わざわざ崖っぷち歩くみたいな挑戦しねえで今日は帰れ」

十九郎の無謀なリクエストを、ばっさりと希沙良が切って捨てた。

「パンケーキは明日つきあってやる」

these pieces linked to
『ハイスクール・オーラバスター・リファインド
白月の挽歌』
【2015.12】

siesta

２０１６年８月発行
（書きおろし）

シエスタ

白昼。

いつもどおりに九〇七号室の扉をひらき、草臥《くたび》れたスニーカーでフローリングの床板を踏みしめ、大股で合わせ鏡の狭間をくぐりぬけて、水沢諒《みずさわりょう》がリビングルームに現れる。

部屋の中央で足を止め、仁王立ちで、すこし待った。

飼い犬らしく嗅覚をはたらかせてみても、部屋のあるじの周波数がみつからないので、さてどうしたものかねと思う。

いつ来ても生活感が欠如しているこの部屋の空気。用心深く観察してみれば、このごろは、透明度の高い氷の匂いがする。むだな含有物のない、真水の凝固。泡沫《ほうまつ》の混在さえゆるされぬ峻厳《しゅんげん》な……零下の意図。そんなたぐいの匂い。

広いガラス窓からは陽光がふんだんに採取されている。

紗《しゃ》のかかったような真冬の太陽から恵まれる光は、勢いが弱く、乏しいけれど。

「あら」

制服のうえにエプロンを着た冴子《さえこ》が、キッチンから半身をのぞかせた。

左手にじゃがいもをひとつ、右手には包丁を持っている。

「忍様《しのぶ》に呼ばれたの？」

「そうデス。雇用主のシノブサマに大急ぎで呼びつけられたのデス。お茶うけの三色団子を買ってこいとのご命令デス。なのに当人不在とは。——きみ、野菜の皮剝《む》きにはピーラーを使いなさいよ」

「大丈夫よ。ほっといて。最近、桂剝《かつら》きの特訓中なの」

「最終的に芋の体積が半減するのでは」

「悲観主義者はこれだからダメね！」

冴子が柳眉をつりあげて言いはなつ。

「美味《おい》しい肉じゃががてきても、あんたは食べる資格なしよ。タッパーに入れるから亮介《りょうすけ》ちゃんに持っていきなさい。あんたのぶんはないわよ、いいわね！」

「はあい」

気持ちの入っていないぼんやりした空返事を口からこぼし、諒はてくてくと応接セットに歩みよる。ローテーブルと、一人掛けと、三人掛けの長椅子《ソファ》。これは子供たちのためのもの。駄々をこねたり、野放図に嘆いたり、成熟できぬまま自分の欲望にだけ拘泥して、泣いて、喚《わめ》いて、悲観する。そんな子供たちのために、いつからか、しつらえられていた。柔らかな巣穴のように。

窓辺に据えられた籐《とう》椅子は、神のための坐処。それもまた、いつからか、暗黙のうちに確定されていた。……いつから？

（たぶんねえ、俺は憶《おぼ》えていますよ、意外と忘れていない……。生きかえったあと、おまえはだんだん、そんなふうに変わったよね）

神はいちど去り、還《かえ》ってきた。

寿命の途中で神自身の魂魄《こんぱく》をもって妖者総帥九那《くな》妃《き》を封ずるという、狡《ずる》くて利巧な遣《や》り口を、あえて放擲《ほうてき》して現世に還ってきた。

寿命の終わりまで愚直に生き、そして死ぬため。

諒は団子の包みをローテーブルに置き、長椅子《ソファ》に腰をおろし、ごろりと横にころがる。

（ごめんなさい。いまだに俺はあんまり平気じゃないので、倒れ伏してごめんなさい）

キッチンに立つ冴子のオーラは、もはやすがたを見るまでもなく、あきらかに毅然《きぜん》としてうつくしい。

それが支えとなるときも、目映《まばゆ》すぎて直視できぬときもあるのだ。

「行儀のわるい子だ」

諒の後頭部に狙いをさだめ、匂やかな花飾りを降下させたように——斎伽《さいが》忍の声音が諒の耳朶《じだ》の傍らに舞いおりてきた。

「仕様デス。寝る子は育つと申しますでゴザルよ。ニンニン」

身じろぎせずに諒は言いかえす。

ふふ、と忍が微笑した。

「すでにソファからはみだしているのに、もっと育って背を伸ばすつもりかい。邪魔だな」

「忍サマにとって邪魔だとどうなるのかしら水沢。消されるのかしら」

「僕はそこまで大掛かりなことはしない。疲れてしまうからね」

恬澹《てんたん》と忍が答える。

ソファにおさまりきらぬ膝から下を、諒は肘掛けの部分に載せていた。そのふくらはぎを、だれかの掌に摑まれた。

前途をふさいだ無名の草木を払いのける手つきで、遠慮なく斎伽忍は、捕獲した諒の足を床面に突き落とした。

「ちょ。待っ。わっ。暴力！」

虚をつかれたので受け身はとれず、半回転してソファから滑り落ちた諒は、膝小僧をフローリングにしたたかぶつける。両腕で座面にすがりつき、ぐおー、と唸《うな》った。

「ほんのちょいと『足を曲げろ』と口で言えばよかろうが！　安易な暴力は野蛮人の所行ですよ！　あなた仮にもカミサマなのですから徳の高い行動を心がけてください」

「僕の進路を阻むものには、慈悲をかけていられないんだよ」

「嘘《うそ》でしょうよ。俺を落として笑ってみたかっただけでしょうよ」

「ちがうな。おまえが僕の手を欲していたからだよ」

忍が告げて、床に座りこんだままの諒の目前を通過した。彼が自ら決めた定位置——窓辺の籐椅子に腰をおろした。

キッチンから冴子が出てきた。ブラインドを調節し、斎伽忍にふりかかる日光の量をおさえる。多すぎる紫外線の刺戟《しげき》は、色素の薄い忍の身には毒となる。

どこにでかけていたのかと、冴子も諒も尋ねない。九〇七号室という位相に、彼がどの瞬間から存在し、いつ消失するのか、くだくだと尋ねはしない。

「なにか、お茶を淹《い》れましょうか？　忍様」

「冴子にまかせるよ」

「じゃあデカフェのアールグレイを淹れますね。諒、あなたは？」

「いちばんお高いお値段の玉露よろ」

「はいはい」

「嘘。水ください、水道水」

拗《す》ねて我儘《わがまま》を言ってみたら冴子に了承されてしまったので、諒はリクエストを修正する。

「なによ。気にしないで堂々と『極上クォリティ玉露』を飲みなさいよ」

「拙者の身の丈に合わぬゆえ」

顔をしかめて諒が言う。

まばたきののち、冴子が呆《あき》れた表情になった。

「馬鹿ね。忍様の召しあがらないお茶がどうしてこの部屋にあると思うの」

斎伽忍はカフェインを摂《と》らない。だが、この部屋には、忍が飲まないであろう最高級の茶葉が各種ストックされている。

（当然、わかっていますけども。俺たちが、おまえに大切にされているんだと）

諒は忍に話しかけようとして、ふと息を呑《の》む。

籐椅子に座した恰好《かっこう》で、泡雪が消えるような刹那の間に、忍は眠りに沈んでいるのだった。

それは昨今、恒常的に彼に纏《まと》わりついている現象だ。

彼は病者ではない。

ただ、彼の身に宿る神の力が、偏りを生じている。

看過しがたい、歪《ひず》みを生ずる。神として――〈空の者〉としてこの世に在るかぎり離れられぬ宿命。

「………」

諒はそっと口元に人差し指を立てて、冴子に合図をする。

察した冴子が奥の部屋へ、忍の膝掛けをとりにいった。

（油断でしょう……それは）

肺腑《はいふ》の底で、独語する。

おまえの油断ですよ。

ねえ。

（行儀のわるい飼い犬に首輪もつけずに眠るなんてさ）

とても子供じみた理由で、冴子との対立はまだ継続している。だから冴子がシルクのブランケットを兄の膝に掛けてやるさまを、気の利かない無能な人間のように手助けもせずぼんやりと諒は鑑賞する。

きっと混じりけもなく綺麗《きれい》な光景というやつなのだろうなと思う。ルーベンスの宗教画。ミケランジェロのピエタ。あれらと同質の。

「ちゃんと忍様を見ていなさいよ、諒」

冴子が声をひそめて言った。

迷惑の二文字を、諒は顔に書く。

「俺かね」

「そうよ。あたしは、美味しい肉じゃがの製作途中なの」

「きみのそれは何回めのチャレンジの途中なの」

「あなただって、も、の、す、ご、く、暇でしょ」

ずばりと冴子が断定した。反論はゆるさぬ勢いで、キッチンに戻っていってしまう。

諒はささやかに溜息《ためいき》をつく。ソファから落ちたその位置で、床にあぐらをかいた。

この世にまだ、けっこうな刑罰も残っていたものだと嘆くべきだろうか？

それとも救済される愚者に似つかわしい滂沱《ぼうだ》の涙

を。

＊＊＊

三十分後。

静謐《せいひつ》につつまれたリビングルームに、足音を消して冴子が入ってくる。

近づきすぎない距離から、ソファのあたりをうかがった。

忍の微睡《まどろ》みに変化の兆しは見えず、それから。

いつしかソファの下の床に横倒しになって、諒も規則正しい寝息をたてていた。安堵《あんど》した、健やかなオーラを発して。

冴子は微量の笑みを唇に滲《にじ》ませる。

——泣くのではないよ、と兄によって命じられているから、彼女はそれ以上の表情を選びはしない。

ただ、できることをする。

ひそやかに踵《きびす》をかえし、諒のぶんの毛布をとりにゆく。

＊＊＊

七瀬《ななせ》冴子から携帯電話に届いたメールの文面を読み、亮介が「えっ」と大きな声をあげた。

「なに」

希沙良《きさら》が尋ねる。

渋谷駅の駅ビル構内にあるブーランジェリー・カフェにおいて、おやつという名目で希沙良はかなりの量のパンを食べている。

降誕祭《クリスマス》が間近にせまり、街は狂騒的ににぎやかだ。

「冴子ちゃんが言うには、諒がこっちに着くのが遅れるから、それまで俺は希沙良にガードしてもらうようにって。なので、お世話になります」

「俺はかまわねえけど水沢どうした。腹でも壊してんのか」

「いま忍さんと諒がいっしょに昼寝をしててそれを

冴子ちゃんが見守ってるらしい。……どうしよう、そんなの絵に描いたら完璧な構図だ、黄金比だ、円周率みたいだ」

「……ちょっと待て。俺にはその状況がうまく絵になって伝わってこねえんだけど。保育園の『お昼寝タイム』の絵面しか浮かばねえ」

「なんだろう、俺、すごく複雑な気持ちになってる」

「なんでそこで崎谷《さきや》がヤキモチやいてんの」

「ええ？　そうかな、ヤキモチかな？　どっち方向に？　だれに対して？　いや、でも諒が安心して寝られるのは貴重なことだからそこは素直にうれしいと俺も思ってるし……思ってるんだけど俺も関与したいという気持ちもある……」

「ならおまえもまざっとけばいいだろ。雑魚寝で。飛びこんでけ」

「それはないよ！　無理だよ！　あそこは聖域だよ、踏みこめないよ。くやしいけど」


「めんどうくせえなあ……」

せっかちな希沙良が、粘らず早々に結論を出す。

「崎谷君の言うことは、わかるよ」

希沙良の隣席に座した里見十九郎《さとみじゅうきゅうろう》が、しずかに告げた。

「聖域という感じ方……。茫漠《ぼうばく》と、わかるとしか言えなくて、残念だけど」

「里見さんにわかってもらえて俺はうれしいです」

「それはよかった」

「俺を置いてけぼりにするな！」

共感しあう十九郎と亮介を睨《にら》んで、希沙良が居丈高に言う。

「めんどうくせえから今度みんなで『雑魚寝合宿』やろうぜ。枕投げ必須のやつ。題目はクリスマス会でも新年会でも適当にあるだろ」

「ええー？　ハードル高いな……できるかな」

「帝国ホテルのスイートルームをおさえればいいかな？」

真顔で十九郎が希沙良に問いかえした。このひとますますある意味で怖いひとになったなと亮介は思う。

「てか斎伽忍の部屋でよくねえか」

「わかった、斎伽さんと相談してみるよ」

「じゃ仕切りは十九郎な。崎谷は根回し。とくに神《かん》原《ばら》さんに真っ先に根回しして味方につけとけ。俺の担当は、俺の輝くばかりの元気の持ちこみ」

「うん。そうか……いいね」

はじめは突飛な話だと思ったが、徐々に亮介の考えも変わった。

悲愴《ひそう》な時間ばかりでは。心は生きていけないから。

「希沙良は優しいね」

亮介が言う。

希沙良は隣の従兄《いとこ》に視線を投げてよこす。

「崎谷はああ言ってるけど、十九郎の意見は？」

「それについては百パーセントの同感ではない」

十九郎が冷静な見解を述べた。

「俺は希沙良の冬休みの宿題は手伝わない。もうすぐ希沙良も三年生になるんだ、枕投げもいいけど、勉強もしっかり自力でがんばってほしい。つまり、気を抜いている暇はない」

「マジか」

「応援だけなら惜しまないが、俺もリハビリ中かつ浪人確定の身だから余裕はないよ」

「マジか……」

「がんばれ」

紳士的な声音で、希沙良の耳元に唇を近寄せて十九郎が囁《ささや》いた。希沙良がテーブルに顔を伏せて、ぎりぎりと歯嚙《はが》みをした。

「くっそ、なんだかわからねえが妙にムカツク」

「いっしょにがんばろう、希沙良」

亮介が横から言葉を添えた。

「あきらめないで、がんばろう」

ゆるされた時間。その最終期限をだれも口にはしないけれど、もうすぐだとわかっている。

だからなのか――あるいは、別の理由があってなのか。

「崎谷君」

双眼を伏せて、十九郎がつぶやいた。

「どうもありがとう」

this story linked to
『ハイスクール・オーラバスター・リファインド
白月の挽歌』
and the next one

【2016.8】

pieces of 30th
２０１７年12月発行
銀貨と珈琲（２０１７年）
ストライド（２０１１年）
サイレントアイズ（２０１２年）
Over the Rainbow（２０１７年）

銀貨と珈琲

日没後の都心は、いつ雪が舞ってもおかしくない寒さだ。一年がまもなく終わる頃だった。

恵比寿駅の改札をでたところで、遠野一真《とおのかずま》はマフラーを巻きなおした。首に触れるカシミアの暖かみと一緒に、ふと別種の温度をも感知した。

（ああ。近くにいるな）

ぐるりと左右に視線をめぐらせると、案の定、里《さと》見十九郎《みじゅうきゅうろう》の姿を見つけることができた。十九郎は、先にこちらに気づいていた。さがすそぶりもなく、まっすぐに一真へと眼差《まなざ》しを差し向けていた。

彼と自分はどちらも術者ではなくなった身だが、いまでも互いに、そこそこの勘のよさを持ちあわせている。旧知の相手の発する波長であればなおのこと。

しかし……一真を発見した十九郎は、深甚な悩みにとりつかれたように眉宇を寄せている。

なにが十九郎にとって問題なのか。そこまで以心伝心というわけにはいかない。まったく読み解けない。理由は判明せぬまま十九郎の表情だけが伝染し、一真もいっしょに渋面をこしらえる。よほど出会いたくなかったのか。迷惑だったのか。こちらとて意図して待ち構えていたのではないので、迷惑がられてもそれこそ迷惑だ。

十九郎が一真のいる場所へ歩み寄ってきた。

周到な彼らしく、ダウンコートとマフラーと手袋で、十全な防寒をしている。してくれなければ困る。退院はゆるされたものの、死の淵《ふち》から帰還した十九郎の身体には深く広汎なダメージがのこっている。ふつうより体力や免疫が弱まっているということだ。昏睡《こんすい》状態でいた間に筋力も衰えた。そのためリハビリと経過観察を目的とした通院が課されている。十九郎が通わねばならぬ病院は恵比寿駅から徒歩圏内にあり、病院の所有者は一真の父だ。——なので、この駅でこんなふうに自分たちが遭遇するのは、確率的には、大いにありうることだ。

「一真」

急ぎ足で歩いてきた十九郎が、名前を呼んだ。

「すまない。五百円、貸してくれないか？」

「は？」

一真は全身から疑問の念を放出せざるを得ない。

「さしつかえなければ、事情を聞きたい」

「財布を家に忘れた」

恬澹《てんたん》と十九郎が答えた。一真は唖然《あぜん》とする。

「きみが？」

「携帯も忘れてきた」

さらにあっさりと十九郎が言う。

「きみが？」

完璧主義者の里見十九郎にあるまじき失態だ。とてつもなく螺子《ねじ》がはずれている、と一真は思う。

「いくらなんでも油断しすぎだ、十九郎。退院は早すぎたんじゃないのか」

「かろうじてICカードは持っているが、チャージするのを忘れていて、家に帰るぶんの電車代しかない」

「つまり、家には帰れるんだな。よかった。なによりだ。きみの危機管理能力に対する評価を、僕のなかで地の底まで落とさなければならないところだった」

「家には帰れるけれど、現状のままだと一真とコーヒーを飲めない。だから、困っている」

「きみはなにを言っているんだ？　要点を頼む」

「誘っているだけだ。せっかく運よく会えたから、コーヒー一杯くらいは、つきあってほしい」

「その目的は？」

「世間話と親睦かな」

「堕落だな！」

舌鋒《ぜっぽう》するどく一真は糾弾する。

「僕に甘える十九郎なんて見たくもない」

「俺は、俺に甘える一真なら見てみたいよ」

「は？」

「駄目かな。コーヒー一杯ぶんの時間の猶予は？」

「……たしかに今日の気温は立ち話には寒すぎる。コーヒーくらいは奢《おご》る。借金はやめてくれ。一円でも十九郎と貸し借りがあると思うと気分が悪い」

　愛想なく一真は言い放ち、駅ビルのなかにむかって歩を踏みだした。

「きみは猿田彦珈琲が好きだろう。案内するよ」

「ありがとう」

　一真に並んで歩きながら、唇を柔らかな笑みで彩って十九郎が言った。

　居心地のよさとわるさを同時に感じ、一真は表情を選びかねた。とりあえず会話を継続した。

「さっき、きみが僕を睨《にら》んで不愉快そうな顔をしたから、僕はよほど憎まれているのかと思ったんだ」

「まさか。ちがうよ。一真をお茶に誘いたいのに持ちあわせがなくて悩んでいた。睨んではいない」

「あんがい僕は、きみを理解できていないらしい……」

　ふと、ひどく正直な告白をしたい気分になって、一真は双眼を伏せる。

「これでも僕は、十九郎の理解者であることにかけては自信を持っていたのに、残念だ」

「一真は俺の理解者だよ。間違いはない」

「慰めはいいんだ。きみが僕の予測したとおりの人物だったら、きみの人生は不幸にしかならなかったはずだ。僕は里見十九郎の賛美者としては敗北感を味わっているが、ほんとうのきみは財布を忘れる程度のきみであっていい。おかげできみはまだ僕とコーヒーを飲んでいられる」

「そうか。一真は優しいな」

「きみのそういう、反射神経だけで甘言を弄するところは相変わらず嫌いだ」

「そうか……反射神経か」

　マフラーに口元をうずめた十九郎が、新たな発見を愉《たの》しむような声音でつぶやいた。

　そこにあるものは、かつての彼が得意としていた自嘲の笑みではなく。

　なぜだろうか。そのことを、とても嬉《うれ》しいと一真は思うのだ。

（きみは幸せになるべきひとだから僕はそのためにならばなんでもするだろう）

　木目と煉瓦《れんが》の質感を活《い》かした暖かな内装の珈琲店にたどりつき、一真は十九郎の手元に視線を落とす。ごくあたりまえに、十九郎がコートのポケットから財布をとりだすところだった。

「……十九郎。きみはめんどうくさいな。ほんとうに」

「断られたくなかったんだ。必死に策を練るさ」

「愚考としか言いたくないが」

　カウンターに五百円硬貨を一枚ずつ、それぞれの指先で置く。双方の心尽くしへの、返礼として。


【2017.11】

ストライド

彼の前を歩く習慣がない。

自分の身長がにょきにょきと無駄に伸びて以来、俺の後ろを歩かせたら見晴らしが悪かろう、という配慮が微妙に発生したからか。まさか隣同士、仲よく肩を並べて歩くほどに屈託ゼロの間柄でもない。なので約二歩半、後ろを歩く。順当な力関係を反映。飼い犬の身分にふさわしく。

「夜が明けてしまったな。僕はあまり、日のあたる場所は歩かない主義なんだが」

「ああすみませんねー、サクッと仕事が終わらんで。そもそも、水沢《みずさわ》一匹で始末つけねばならんのにシノブサマのお力をお借りしてもうて」

「この際、『朝マック』に挑戦しようか？　ファーストフードには、一種の憧れがあるんだよ」

「いやそれは忍《しのぶ》さんいろんな意味でチャレンジャーすぎるかと！　他のお客さんに迷惑かと！」

「諒《りょう》は僕に対して注文が多いな」

「はあ。どうかね。俺だけの問題ですかねえ」

「ならば諒の期待にこたえて、僕らしい流儀で、朝の散歩を楽しみながら帰るとするよ」

周到に恩を売る言い方は忘れず、忍が見返って尋ねた。黎明《れいめい》の薄朱色に染まる空の下。

「ついてくるかい？」


【2011.12】

「傘くらい持とうよ」

顔をあわせたとたんに、亮介《りょうすけ》に言われた。

「俺が好きで濡《ぬ》れてんだ」

仏頂面で希沙良《きさら》は答える。怒っているわけではない。ただ、だれとも会うつもりがなかったので、きまりが悪い。雨は、日の出のころには止《や》んでいた。夜のうちにかぶった水滴も、そこそこ乾いて、ごまかせそうだったのに。よりによって亮介の特殊な両眼が相手では、いろんなものが隠しきれない。

「俺だってたまにイライラして雨にうたれて俺かわいそうってドラマっぽく自分に酔ってる痛い子になったりすんだよ！」

「そういう子になるのは希沙良の自由だけど、風邪ひきそうな方法はやめて、健康的なやつにしたらよくないかな」

「だいたいおまえ、朝の通勤タイムの人口密度ピークの駅前で俺なんか見つけなくていいだろ。スルーしろよ」

「なんかって言われても……。希沙良のオーラは特徴あって、すごく見つけやすいし」

亮介がすこし困った表情になる。十九郎も、いつも亮介と同じことを言う。人混みのなかで希沙良を探したことはないと。

「……面倒くさくねえか？　俺とか、俺以外のいろいろとか、自動的に見つけちまうのって」

「というか、俺、反則とは思うけど、希沙良の他にもたまにグレる子に心当たりあるから、見つけやすくてよかったな」

亮介が横断歩道の手前で立ち止まり、高い位置に視線を移した。二階建ての民家の屋根の上を見あげて、声をかけた。

「おかえり。東京に戻ってたなら、早く教えろよ」

【2012.2】

「なあ、俺、気がついたんだけど……」

自由が丘にある里見家のマンションに今日もあたりまえに居座っている和泉《いずみ》希沙良が、帰宅した十九郎を玄関で迎え、言った。

希沙良が手をのばすので、十九郎は遠慮せず鞄《かばん》を手渡す。

退院はしたが一度は死んだ身だ。経過観察とリハビリのためにほぼ毎日通院しなければならない。

ままならぬ肉体とつきあうのは、むろん愉快な時間ではない。術力喪失にまつわる心身への負荷は必然であったし、そのうえに徹底的な自己破壊行為をえらんだのは十九郎自身のエゴであったから、文字どおり自業自得の結果だった。いかなる苦役も伏して受諾すべきだろう。

しかたがないと思いはするが、無の境地に心を置きつづけるのはむずかしい。悟性を獲得した沙門《しゃもん》にあらず、また神でもないので。

つまりストレスの発散は必要だ。

たとえば清涼なオーラを持つ人間のそばでくつろいで本を読んだりすればいい。それだけでも、ずいぶん楽になる。――なので、日常的に、希沙良が必要だ。

「聞いてるか？」

「ああごめん、きれいな顔だなと思って見ていた」

「……俺がうまれてから十七年経《た》ってるけど今か」

「十七年間ずっと言いつづけているつもりだったけど足りなかったかな」

「いや、それいったん横に置いといて……俺、気がついたんだけど、十九郎って俺と顔が似てる自覚ないよな」

「え？　似てないよ」

予測の外の話題だったので、即答してしまった。

希沙良があからさまに顔をしかめ、ためいきをつく。

「従兄弟《いとこ》なんだから似てんだよ。まずそこを認めろ」

「認めた場合のデメリットはいくつか考えられるが、メリットはわからない」

「馬鹿、俺と似てる顔だとわかったら粗末にしねえだろ。おまえもうちょっと自分の顔好きになれ」

「……ああ。なるほど」

反論できない現状が不利だな、と十九郎は偽悪的に考える。

けれどどこんな会話も、今は優しい音楽のように、あたりまえにそこにあればいい。ゆるされるままに。


【2017.08】

未収録ＳＳ

トイレットペーパーがなくなると言って、亮介《りょうすけ》が近所の安売りスーパーまで買い物にでかけた。コーポアマノ二〇三号室の室内が、とたんに静かになった。

ふたりきりで放っておかれると話題がない。

そこそこ濃い時間を共有してきたし、人間関係もかなり共有しているし、会話せねばならないとしたら亮介や冴子《さえこ》の名前をとっかかりにすればいいのだが、べつに必ずどうしても楽しく話さなくてはならない間柄でもない。

「おまえ字がきたねえ。9と7の見分けがつかねえ」

諒《りょう》の解いた数式を自分のノートに書き写しながら、希沙良《きさら》は文句を言う。

億劫《おっくう》そうに諒がレポート作成の手を止め、希沙良のノートを覗《のぞ》きこむ。ぼそっと「9」とだけ答えた。

「マジかよ……」

希沙良は舌打ちし、7と書いてしまった部分を消しゴムでこする。そのせいで古いちゃぶ台が大揺れし、レポートを書く字がジグザグに滑ったので、いっそう諒が顔をしかめる。

「……あのさあ、和泉《いずみ》君はさあ、これからもずっと俺とはそのビミョーな路線の距離感を保って生きていくの？」

「それはそっちのほうだろ。俺はココロ閉ざしてねえし」

「嘘《うそ》だろう。きみの好き嫌いというか、大事なものとそれ以外の差別ったら露骨じゃないですか」

「水沢《みずさわ》も嫌いじゃねえよ、特に好きじゃないだけで」

「うわあ。あなたさまの正直さは美徳ですねえ」

「そうやって遠回しに気持ち押しつけてくるとこ、

【2012.8】


すっげえ嫌いだけどな！」

「いつもお世話になってますありがとうとか、そういう態度くらいは見せたって減らんよ」

「ていうか、俺たぶん、嫌いと好きの目盛りが最初から壊れ気味だから、あまりわかってねんだよ……。ふつうのトモダチづきあいとか。ふつうのイトコづきあいとか」

　仏頂面で数式を睨《にら》みつけ、希沙良がつぶやく。

「だから、いつもごめんな」

「…………」

　諒がシャープペンシルの動きを鈍らせた。

　しばらく黙って、一文字書いては考え、また一文字書いては思案する。

　親指の爪で顎《あご》を掻《か》き、居心地悪そうに答えた。

「すまん、今後の和泉君とのつきあいかたがわからんくなったので、いまのナシでいいかね？」

「サイテーだなおまえ」

18's secret skyscape

　待ちあわせ場所のコーヒーショップに、制服姿の希沙良が急ぎ足で入ってくる。十九郎《じゅうきゅうろう》は眼鏡をはずして卓上に置く。英文法の問題集を閉じて希沙良に視線を移すと、仄《ほの》かに怒ったような表情がうかがえた。たぶんなにか秘密にしていることがあるのだろう……と十九郎は解釈する。

　心のなかみを黙っておくのが下手な子だ。いつも。ひとたび沸点をこえたら、蓋《ふた》の内側には仕舞っておけない。

　純粋な発露だから、その組成は信じられる。

　蒸溜《じょうりゅう》の末の、澄んだ一滴と同等に。

「おまえ誕生日プレゼント要らねえって言ってたけどさ」

　トールサイズのラテを提げて差し向かいの座席に陣取ったとたん、勢いよく希沙良が話しだす。

「やっぱ俺からは、もらっとけよ」

「その気持ちを無下に捨てようとまでは俺も思わないけれど。でも、気持ちだけでありがたいのも嘘じゃないんだ」

「おまえなら親父さんとかから豪華なプレゼントもらえるし、俺が十九郎に贈れるもんってたかが知れてっから、一瞬やめようかと思ったけど、やめると俺が気持ち悪いんだよな」

「俺は希沙良がいればいいよ」

　真顔で言う十九郎を、希沙良がかるく睨む。

「知ってる。知ってっけど、それはそれ！　これはこれ！」

「そうか。俺の殺し文句の神通力も落ちたな」

「俺のこと、神通力のリトマス試験紙にすんな」

　希沙良がブレザーのポケットに左手をつっこむ。空色の四角い封筒をとりだす。

「これ。おまえの権利だから、持っといて活用しろ」

「肩たたき券かな」

　十九郎は言い当てるつもりではなく、ふと思いつきを口にしただけなのだが、希沙良が唖然《あぜん》として固まってしまった。

「なんで知ってんだ。サプライズまるつぶれだろ」

「なんとなく……。ごめん」

「言っとくけど、ただの肩たたき券じゃなくて、さらになんと手紙までついてっからな、すごくココロこもってるやつが！」

「かわいいな」

「かわいいよな。値段がかわいいって意味じゃなくてな！」

「うん。知ってるよ。希沙良のことなら」

　知っているよ、と思う。

　大昔から知っていたし、けっして忘れないだろう。

「ありがとう。大事にするよ」

「いや、ひきだしの奥の宝物アルバムに入れんなよ！」

　ちゃんと使えよ、と希沙良が念を押した。


【2012.8】

そんなに何度も思い出すわけじゃない。

炎の上昇気流にからまって、やたらに高く飛んでいった、子供用の野球帽の行方。

祝祭のようにあざやかに夜空を染める大火に焼《く》べられたものの内訳。

日々忘れずに反復することじゃない。

なぜなら一秒ごとに考えていたら次の一秒に吸い込むべき酸素の供給は絶たれて。

歩む足は鈍重に萎《な》えゆくばかり。

（それでは戦えない）

一家殺しの罪をあがなうのに自分の生命ひとつでは足りそうにないから、生き恥をさらすための、とても都合のいい理由を授けられて、じつにありがたいなと思ったのは過去の話。


困るんですよね、と諒は思う。

大戦とかいうやつがもし本当に終わってしまったら、以後の人生設計において著しく困窮するのです。


「テレビを新調したんだよ」

斎《さい》伽《が》忍《しのぶ》が言う。

彼の居城、六本木に聳《そび》え立つマンションの九〇七号室、リビングルームの窓辺に置かれた籐《とう》椅子に座して。

生きながらにして人工物のような美貌は、今宵も不変であり。

「はあ。テレビ」

電話一本で呼びだされてやってきた諒は、生返事をする。そもそもこの部屋に、以前からテレビがあったか否か、あったとしたらどんな大きさでどの位置に据えられていたか、考えてみたがなぜかぼうっとしてわからない。かなりの頻度でこの部屋を訪れ、相当多様なシチュエーションを過ごしてきたにもかかわらず。

そして見れば、たしかに壁掛け型の薄っぺらい大画面４Ｋテレビがある。ここは、ご近所の工務店が運んできて取りつけていけるようなお気軽な場所ではないだろう。道者四人衆のみなさんあたりが何枚か噛《か》んでいるのかしらと諒は推察する。

「テレビがあります。それで？」

「それだけだよ」

「はあ？　忍さんあなたまさかただ『すごいテレビ買ったよ、見て見てー』の自慢のためだけに水沢の脚をこきつかって」

「僕は詳しくない分野なんだが、日本シリーズというのかな？　諒は見たいのではないかと思って、呼んだんだよ」

「日本シリーズというと野球のですかね。すみません、今年は広島カープ、出てませんよ？」

「そうなのかい。日本一を決めるというから、総当たりでもするのかと思ったんだが」

「いやあなたそんなん無茶ですし、セパのペナントレースの意味というものが」

「そうか。残念だな」

なかなかに悄然《しょうぜん》として斎伽忍が肩をすくめた。

諒は渋面をつくる。

べつに斎伽忍が寂しがっているのではなく、この手の慈悲を折々に心弱い子供たちに与えることで、彼は未来への路程を築いているのだろう。わかっている。わからされている。じりじりと。

やがて神の棲《す》まわぬ未来が来る。

「まあ……俺もねえ、阪神タイガースを応援しなくもないですよ」

譲歩なのだか退歩なのだか判然としないけれども、諒はぼそりと言う。

「スルメとサイダー買ってきていいですかね」

「もちろん」

行っておいでと斎伽忍が答えた。

【2015.9】

半月

　白い虚無から、ささやかな棘《とげ》を拾う。

　空漠とした砂浜にながれついた、ダイアモンドの欠片《かけら》をさがす。

　よく見ればいいというわけでもないし、見なければいいというものでもない。

　おもいこみだ。なにもかも。

（見えているものを信じるか。それとも、幻想、幻覚、よけいな妄想）

　鉛筆の先端を置いた座標が、すべての世界のはじまりだ。

　ずいぶん怖がりになってしまった。

　昔の自分とくらべて亮介はそう思う。

　たった一本の線になにを託せるかなんて、わかりはしないから。

　自分という不充分な鏡に、世界の中心をうつせているか。

　だけれど抉《えぐ》るように線をひく。

　迷いを両断しなければならない。

　やわなクロッキー帳の紙を苛《さいな》む純黒で。

　もうひとつ、もうふたつの傷口を、重ねてゆくように線をひく。

（こんな残酷な描きかたをしたいんじゃないんだ。俺はただ、きれいなものを描きたいだけなんだ。でも綺麗事《きれいごと》と、それは、ちがうものだから……）

　自我が邪魔になる。だれかへの言い訳をしそうだから、自分の心を黙らせる。没頭しろ。ゼロになれ。無一物の案山子《かかし》が、ひたすらに身体だけを運動させていればいいんだ。

（神様）

　白紙のむこうがわへと意識を集中しすぎて、眼球の表面がひりひり乾く。

（神様はどこにいますか）

きっと知っている。

そんな確信は胸にある。

神様なら、ひとりきりだ。

何時間でも、何日間でも、こうして絵を描いてさえいれば、いつか神様のありかに近づいていける気がした。

（いつか？）

それじゃ遅い。

酷使に耐えかねた瞳に涙がたまって勝手に流れおちていった。斧《おの》でうちのめされるような激痛が頭蓋に響いて、鉛筆を持っていられなくなった。術力の限界にともなう発作だ。

（ごめんなさい。まだ足りない）

まだ描けない。約束したのに。

神の肖像画を。

目覚めると真夜中だった。コーポアマノ二〇三号室の自室で、クロッキー帳や画材をちらかしたまま、眠ってしまったらしかった。

ただ、取りだしたおぼえのない毛布が亮介の身体にかかっている。

電灯をつけるまでもなく、部屋の隅に座っている人物のオーラを亮介は見分ける。

「たまには帰ってくることもあるんだ」

思ったままのことを亮介が言うと、諒がしょげた様子で「スミマセン」と詫《わ》びた。

「ううん。普通に、よかったよ、帰ってきてくれて」

「きみが倒れているのはよくないよ。窓から帰ってきた瞬間の水沢の気持ち考えてみて」、

「なんで窓から」

「なんでかねえ。あえて？」

諒は首をかしげると、苦笑いをにじませた声音でつぶやいた。

「月が青かったから」

【2019.10】

Before The Judgement

２０１２年6月発行

桜の森の満開の（２０１２年）

天動説の終わり、そして（２０１２年）

（書きおろし）

桜の森の満開の understudy

　気づくと俺《おれ》は、狭い小劇場の客席にいた。キャパ百五十人ほどの小屋の客席は、座り心地最悪のパイプ椅子だ。おまけに前の列との間隔をケチっているので、自分の座席につくまでに俺は両方の膝《ひざ》を何度か打ちつけた。それでも客入りは上々で、小屋はぎゅうぎゅう詰めだった。俺の隣の席には、友人の三《み》島《しま》アカリが座っていた。

　三島は、客全員に配られた大量の芝居のチラシと、今夜の公演の感想を書くためのアンケート用紙を、ものめずらしそうに一枚ずつ読んでいる。今日も今日とて三島の外見は、ダボッとして体格に不釣り合いな上着とオタクっぽい黒縁眼鏡によって概《おおむ》ねを隠匿され、いやがうえにも怪しかった。印象を一語にまとめれば不審者だ。

（いまはいつだ。何年の何月の）

　俺は、ふわりと地表から浮きあがった気分になる。もともと俺は慢性的かつ恒常的に、現実世界と相性がよくない。昨日と今日と明日の継ぎ目を見失うのも、よくあることだ。まして三島と一緒にいると、いっそう前後がわからなくなり、不安になる。俺はいつから、こいつを隣に座らせていたのだっけ。

　俺たちをとりまく不安とは何だ。何だろうな。茫《ぼう》漠《ばく》と、俺の胴体の真ん中に隙間風が吹く感覚。容易に名前を与えてカテゴライズできない、曖昧《あいまい》な、身の置きどころのなさ。その正体は、何だろうな。

「おまえがこの手のマイナーな芝居に興味を持つとは思わなかったな」

「この芝居に興味を持ったのは、鳴木《なるき》さんでしょう。僕は、鳴木さんの興味のありかたに対して興味を抱くだけですよ」

　涼しい顔で、三島はなんだか奇怪なことを言う。

ストーカーか。

　観劇は俺の趣味ではない。戯曲は、小説家である俺の創作活動と切り離せないジャンルの表現形態なので、つい玄人ぶった偏狭な視点で舞台を眺めてしまい、純然たる娯楽としては謳歌《おうか》できない。なのに阪東《ばんどう》やキリカといった演劇関係者とつきあいがあったせいで、こんな社交性に欠ける俺にもまだ、小劇場界隈《かいわい》にいくばくかの縁《えにし》が残っている。今日の芝居は、キリカが客演するという義理でチケットを買わされた舞台だった。

「俺は『この芝居に興味がある』って言えるほど真面目《まじめ》な姿勢でここに座ってない。原作は好きだけどな」

　演目は、坂口安吾《さかぐちあんご》の「桜の森の満開の下」と「夜長姫《よながひめ》と耳男《みみお》」を下敷きに換骨奪胎したものだという。俺の大好きな小説だ。どちらも、震えるほど美しく無垢《むく》な残虐さを身に纏《まと》った女に、ひとりの男がおののきつつ対峙《たいじ》する物語だ。女は鬼であり化生《けしょう》だが、男は勇ましい桃太郎のように鬼を討伐するヒーローではない。鬼であり化生である女を、希求し、崇《あが》め、憎悪し、殺《あや》める、それらすべてが男の宿業だ。

　有名な科白《せりふ》が、三島の手がめくったチラシにキャッチコピーとして書いてあった。

　――好きなものは咒《のろ》うか殺すか争うかしなければならないのよ。

　出オチだな、と俺は思った。いちばん肝心なことを先にバラしてしまうのは得策と思えない。もしくは、この主題をどう料理するか見ていろという演出家の気概なのか。

「代役なんですか、キリカさんは」

　三島が言った。そうだったっけと俺は記憶をひっくりかえす。ヒロインを演じるはずだった女優が降板して、お鉢がキリカにまわってきたらしかった。

「残酷な女の役は、あいつの十八番《おはこ》だ。苦労はしないだろう」

「日本人は桜が好きですね」

「ちがうな。桜と死人の取り合わせが好きなんだ」

「ええ」

ふと、意を得たように、三島が唇の両端をつりあげて微笑した。

「——願はくは花の下にて春死なむ、その如月《きさらぎ》の望月の頃」

西行《さいぎょう》の歌を、暗唱してみせた。桜と死人といえば、定番中の定番の歌だが。

「ふうん。おまえはそっちか。俺はむしろ、梶井基《かじいもと》次郎《じろう》の『桜の樹《き》の下には』を想起してた。気が合わないな」

「鳴木さんの好みは、そちらだろうと思いましたよ。定番中の定番でしょう」

皮肉っぽいことを言われた。俺たちは以心伝心が成り立っているると言えるのか、よくわからない。

梶井基次郎の文章は、こんなふうだ。

（——お前、この爛漫《らんまん》と咲き乱れてゐる桜の樹の下へ、一つ一つ屍体《したい》が埋まつてゐると想像して見るがいい。何が俺をそんなに不安にしてゐたかがお前には納得が行くだらう）

そうだな。俺には西行法師の境地は、まだ遠い。俺はむやみな想像の力に衝《つ》き動かされ、桜の下の土を不躾《ぶしつけ》に掘りおこし、埋蔵された死骸の数を数える人間なのだ。そういう性分が俺の仕事の役に立つ。

西行は出家して仏門に入り、世を捨て己を捨て、それでもなお花への執着を捨てがたい自分の心を歌った。——花に染む心のいかで残りけん、捨て果てきと思ふわが身に。

三島は、いちいち死者の痕跡などに頓着しなくていい……と、俺は思った。

土中に隠された髑髏《どくろ》には背をむけて、ただ花のうつくしさを見るといい。

俺よりも建設的かつ健やかに。

「出家遁世《とんせい》も、おまえには似合うな。羨《うらや》ましいよ」

俺は、ぼんやりと、つぶやいた。

ほんとうは、俺は三島のことなど知らないのだ。

いいかげんな先入観と、その場のノリで、てきとうに口から出した言葉だから据わりが悪い。おべんちゃらみたいに軽くて芯がない。

「誤解ですよ」

三島が言った。

「この僕も、あらかじめ涅槃《ねはん》の境地に立つ者ではない。ただ、ほんのすこしだけ、他人《ひと》よりも早く、現世《うつしよ》への愛着を手放さねばならぬだけだ」

ただそれだけですよ。

三島の声が、俺の鼓膜《こまく》から遠ざかる。

だしぬけに、白い吹雪が俺の視界に正面から吹きつけてきたのだった。猛烈な勢いだったので、瞼《まぶた》をあけていられなくなった。ごごうと渦を巻く風音が俺の耳をふさいだ。いや、吹雪だと最初に俺は思ったが、ちがっていた。顔に打ちあたる、ほそほそとした無数の感触は、柔弱で軽いばかりで、冷たくもなければ、俺の身体《からだ》を濡《ぬ》らしもしない。

そして不意に、静かになった。


俺は、両眼をひらいてみた。

仄《ほの》かに光る薄紅色の欠片《かけら》が、はらはらと舞い落ちてくる。

俺は舞台の中央に立っている。高い位置から、スポットライトが降ってくる。

おや。

いつの間に、俺は舞台にあげられたんだろう。

だれかの代役なのかな。

そんな、夢のなかのように筋の通らないことを考えた。

客席から眺めていたときにくらべて舞台はむやみに広い。照明の届かない端のほうは暗闇に融《と》けていて、どこが舞台の正しい輪郭となるのか、判然としなかった。ベニヤ板でこさえられた背景には何本もの山桜が描かれている。その光景は舞台装置としての一枚の絵にすぎなかったろうに、いつしか、俺をとりかこむものは、果てしない、出口の見えない、爛漫の花盛りの、とりどりの桜の森になっていた。

しんと足元が冷たくなった。全部の物音が桜の花芯に吸いこまれた。動くものは、頭上から絶え間なく降りしきる薄紅色の花弁《かべん》だけだった。

俺は、周囲を見渡した。俺は孤独には慣れている。生命の気配のない、さみしい場所を覗《のぞ》きこむのにも慣れている。ここが髑髏の匂いに満ちた桜の森の満開の下であっても、逃げだす必要がない。作家である俺は、俺の目玉が見たものを、虚実なにもかもを、一字のこらず書くだけだ。けれど現在の俺には、ひとつ恐ろしいことがあった。それを恐ろしいと認識すること自体が恐ろしいほどに。

生者と死者の間《あわい》、化生と人の間、美と滅びの境界に、いまにも、だれかの魂が呑《の》まれて失《う》せるだろう。いずれの演目にも必ず終幕は訪れ、花盛りの舞台はがらんどうの虚空《こくう》に戻るんだろう。

その宿命を、くいとめることはできない。たとえ神であっても。

たとえ鬼、羅刹《らせつ》、夜叉《やしゃ》であっても。

すべてのものに、さようならを言うときがくるんだ。

「鳴木さん。気をつけて」

三島が言った。

俺の隣に立っていた。

偽装の眼鏡をしていなかった。

落下する花弁よりも白い膚《はだ》と、つくりごとのように完璧すぎる黄金比の美貌《びぼう》をさらして、桜の下に佇《たたず》んでいた。気をつけろと俺は思った。そうだ。忘れるな。

俺は代役だ。

恐ろしいと、ひたぶるに恐ろしいと思っているのは、だから俺じゃない。きっと。

「桜が怖いんですか」

三島が尋ねた。

さらりと一瞥《いちべつ》を俺に投げながら。

「それとも、僕が？」

俺の器を推しはかるようでもあり、俺という人間を透《す》かして広く普遍の正解をさぐるようでもあり、あるいは過去に百億回くりかえされたお約束の質問をお約束ゆえに律儀に口にしたようにも思えた。

乗ってやるものか、と俺は思った。そうそう釈迦《しゃか》の掌《てのひら》に転がされてなるものか。極端に天《あま》の邪鬼《じゃく》な気分になった。なぜなら俺は俺の友人である三島アカリとしかつきあいたくないのだった。他の顔には用がない。

そして、そういう頑迷で狭量な俺が、この複数の名前と立場を持つ男にとって、おそらく必要だ。俺にだって、それくらいの自負はあるのだ。

「おまえの訊《き》くべき相手に訊けよ」

俺は無愛想に答える。

「俺で手応えを試すな」

「ふふ」

三島が、僅《わず》かな笑みを零《こぼ》した。肩をすくめてみせた。

「穿《うが》ちすぎではないかな。鳴木さんが思うよりも、僕は鳴木さんが好きですよ」

「ぶっちゃけ俺は、俺の厄介《やっかい》な妄想力さえ駆使すれば、おまえが涅槃にいようがいまいが、おまえとは会えるんじゃないのか」

「さあ。どうかな」

「おまえを見つけてやるよ。おまえがどこにいても。おまえにとっての俺の利用価値なんて、そんなものだろう」

「めずらしく、威勢のいいことを言いますね」

「俺もいくらか大人にはなったんだ」

「なるほど。そうかもしれないな」

三島が柔らかに微笑《ほほえ》んだ。

「たしかに僕は、いまだ大人になれずにいる子供たちのことを考えていた。怖がりな子供たちのことを。けれど、どうであれ、花は自《おの》ずと咲き、時が到《いた》れば散るのだろう」

「それよりも、唯一、おまえのするべきことを教えてやろうか」

「ええ」

「死にたくないと白状しろよ。そいつだけが、この世に生きてる人間の真実だ」

俺は言った。

道理に背いていようと、運命に背いていようと、そのぶざまで泥くさい望みと我欲だけが、あらゆる人間の胸の真ん中の隙間を埋める、のっぴきならぬ真実だ。

それでいいんだ。だれもが、そんなふうでいいんだ。

そうじゃないか?

なあ。

(闇を斜めに貫いてくるスポットライトが俺の眼には眩《まぶ》しすぎる)

つぎつぎに桜の残骸が足元に積もり、白い世界に俺と三島を閉じこめる。ちいさな旋風《つむじかぜ》に吹かれ、真新しい花弁が、地表近くで、くるくるまわる。無心に遊ぶ妖精みたいに。儚《はかな》い幻の影法師みたいに。

ええ。

はにかんだ表情で、つと綺麗《きれい》な双眸《そうぼう》を伏せて、三島がつぶやいた。

そうですね。

いつかは言いますよ。

――いつか、そのときには。

あっ、と俺は、声をあげる。仮想の森を掻《か》き消すように、いちどきに照明が失われ、俺は暗転の底に取り残された。

やがて気づくと俺は、狭い小劇場の客席にいるのだった。

舞台は黒い幕でふさがれており、その先にある満開の桜の花は、まだ見えない。

客席ではすでに多くの観客が芝居のはじまりを待っているが、俺の隣の椅子は不自然にぽっかりと空いていた。けれど俺は、そこがだれの席なのか、忘れてはいなかった。たぶん三島は、開演までには戻ってくるだろう。俺はそう思いながら、俺の靴のつまさきに貼りついていた一枚の優しげな花弁をそっと拾った。

天動説の終わり、そして
end of the geocentric vision

《1》

——恐れるな。我は原初《アルファ》にして終焉《オメガ》、そして生ける者である……。

厚みのある濃灰色の雲が、夕暮れ時の都心の空いちめんを覆《おお》っている。天気予報いわく、ところにより雨が降るでしょう。銀座のデパートの地下で行列に並び、雇用主様ご用達、老舗和菓子店の豆大福とみたらし団子を買い求め、七瀬《ななせ》様あての領収書を忘れずに受けとり、その足で六本木へ向かう。電車に乗ってもいいが、徒歩でも苦にならない距離なので歩く。

気を遣《つか》われておるな、と諒《りょう》は思う。あえて入手困難なお茶菓子をリクエストしてくるのは昨今の斎伽《さいが》忍《しのぶ》の『マイブーム』だ。

（程々に手のかかる仕事を与えて水沢《みずさわ》をヒマにしないでくださるご厚情、恐悦至極）

いかんせん趣味も友達もすくないので、放課後に達成すべきノルマがあると、助かる。

むろん、それが忍の目的のすべてではないだろうが。

斎伽忍は、基本的に親切な人間だ。

ただし彼に課せられた使命とやらが、そんな親切の二文字などというシンプルな理解をせせら笑ってくる。そこが厄介でもあり、気の毒でもあり、油断ならなくもある。

九〇七号室の黒い扉をひらき、おなじみの合わせ鏡に挟まれた廊下に「お邪魔ー」と気の抜けた声をかける。それから、しまったなと考えた。てっきり冴子《さえこ》も来ていると思っていたのに、今日は室内に忍しかいない。亮介《りょうすけ》みたいにめざましく特別な感覚は持ちあわせていないが、気配と体感温度と慣れとヤマ勘で、それくらいはわかる。

「扉をあけたとたんに、帰ろうとしなくてもいいじゃないか。ひどいな」

億劫《おっくう》になりつつも仕方なく鏡のトンネルを通過してリビングルームに到着すると、見透かした口調で忍が言った。

ミニチュアのごとき街並みを一望する大窓の近く、愛用の安楽椅子に、膝《ひざ》を組みあわせて座している。

暮れなずむ曇天が、ほんの僅《わず》か気まぐれに裂けて、落ちゆく日の朱金の光を放射していた。

野蛮な白昼の陽射《ひざ》しよりも、退《しりぞ》き沈む太陽の残影こそが、斎伽忍の白皙《はくせき》の頬《ほお》にはふさわしい。砂上の蜃気楼《しんきろう》のように実在を疑わせる、神の器としての肉体。

彼の傍らのサイドテーブルには、ハードカバーの書物が積まれた小山。駒を動かした様子のないチェス盤。古めかしいタロットカードが数枚。

「べつに一歩も引き返しちゃいませんしー。サシで忍さんの相手するの面倒くさいなァーとちょっぴり思っただけですしー」

「ひどいな」

愉快そうに忍がくりかえす。

諒は、高級菓子の紙袋を右手の指二本にひっかけた状態で、所在なくリビングの中央に立ち尽くす。

冴子がいないならばと、紙袋を受けとってくれそうな〈使《つかい》〉の姿を探したのだが、待ってても出てこない。

ああそうか、と牙《きば》の行き先に思い当たる。彩《あや》に貸し出しているのか。

炎将《えんしょう》剡司《せんし》との戦いにあたって東京へ呼びよせられた水沢彩は、炎将が討伐された後も広島には戻らず、この六本木の斎伽忍の私邸にいる。主な居場所は隣の九〇六号室だ。

なぜなら、炎将が斃《たお》れても決戦は終わったわけではない。一将を失った妖者方の怨嗟《えんさ》は、並大抵のものではあるまい。

ここから先の未来のほうが、さらに怖く、気の抜けない時間になるのだ。

「あのう、パシリは俺の管轄ですけど、お茶くみに関しては、いっさいまったく自信ございませんが」

「必要は自信の母と言うだろう」

「一回も聞いたことないわ。その場で雑《ザツ》な格言でっちあげないでください。いや、だって、あなた美味《おい》しいお茶しか飲みたくないでしょう。あきらかな采配《さいはい》ミスだろう、これは」

「今日は十九郎《じゅうきゅうろう》が来る予定だったんだが、急遽《きゅうきょ》ふられてしまったんだよ。おかげで、僕の話し相手の役と、チェスの対戦相手の役と、お茶を淹《い》れる役と、みたらし団子を食べる役が、いっぺんに空席になってね」

「なるほど。すごく納得できました。しかし水沢的に代役オッケーなのはラストの『団子食べる人』の枠だけですネ」

「十九郎の四分の一の有用性か。不甲斐《ふがい》ない子だな」

「やめなさい、その手のいじめ発言でストレス発散するのは。ドタキャンくらったくらいでグズグズ拗《す》ねるんじゃありませんよ。里見《さとみ》さんのドタキャンより、あなたの雲隠れのほうが何倍も困ったちゃんですよ。そもそも里見さんなんて忙しいひとなんですから確率としちゃー来られないほうに比重かけてセーフティネットを備えておくべき」

「わかっているよ」

掌中に一枚のタロットカードを拾いあげて、忍が言った。二十二枚の大アルカナのうちのひとつ、カードの名は『審判《ジャッジメント》』。

喇叭《らっぱ》を吹く大天使ガブリエル。世界の破滅を告げる喇叭だ。ヨハネの黙示録の内容を象徴的に描いた絵札だった。その意匠へ忍が注ぐ眼差《まなざ》しは、けっして優しくはない。

身裡《みうち》に神を棲《す》まわせ、天の啓示を受けとりうるのが〈空の者〉なのだから、ほんとうはタロットに頼る必要もなかろう。運命の用意する設計図ならば、厳然として彼の前途に横たわっている。

そしてそんな設計図を従容《しょうよう》と受諾せず、覆《くつがえ》しにかかる反逆心が、斎伽忍という人物の本質だ。

「『審判』——現状をあらわすカードとして妥当と思えるが、我々の未来のための指針としては物足りない。すなわち、いまだ僕の覚悟が定まっていない、という暗示かな……」

ひとりごちた忍が、彫像めいた美貌《びぼう》を斜めに上向け、諒に尋ねた。

「おまえの未来も占ってみようか?」

「ズバッと、ノーサンキュー、おことわりです。どうせ、ろくなこと言われないんじゃろ。俺の未来に関しては俺が自力でなんとかせえとか」

「それがおまえの欲する言葉ならば、そうだろう。僕は日夜、おまえの期待に応えようと努めているから」

「はあ。さようですか。ありがたくてどうしましょう。頼んでませんけども」

諒はタロットから視線を外す。

明日や明後日《あさって》やそれ以上の時間の流れについて想像するのは、いつも不得意だ。

「忍サマのぶんのお茶は淹れられませんが、腹減り放題の育ちざかりなので自分のノルマの団子は食っていきますよ」

「誤解をしてほしくないな。僕だって、いざとなればお茶を淹れることはできる」

「いざとなればねえ。『明日から本気出す』的なニュアンスかしら」

「いまここで飲みたいのかい?」

「いえ。全然。ちっとも」

ミニキッチンに向かい、ケトルで湯を沸かす。大量のインスタントコーヒーをマグにどさっと入れ、沸騰した熱湯を注いで濃いブラックを作る。そのついでに手近の棚にたくさん鎮座しているよくわからない茶葉のどれかをティーポットに投げこんだっていいのだが、よくわからないお茶を忍の前に差しだすほどの度胸はない。

立ったまま団子の串を口へ運び、コーヒーと共に高速で胃におさめる。さすがは老舗の団子、美味《うま》いことはわかるが、自分の安い舌にならコンビニに売っているやつで充分だとも思う。

「ごっつぁんでーす。それじゃサヨナラグッバイアディオスアミーゴー」

「諒。近いうちにおまえはもう一度、僕と話をすることになりそうだ」

「はあ。なんすか。そういう占い？　インスタント予言？」

「おまえの未来に関して、すこし『ろくなこと』を提示しておきたくなったんだよ」

「ていうか、要するに『明日も電話よこせ』と命令されてますかね？　遠ぉー回しに、まどろっこしい表現でもって」

「どうかな。唯一絶対の帰結というものが、あらかじめ用意されているわけではない。すべてがおまえの予測どおりになるわけではない。僕の予見もまた然《しか》り」

「たまにはサラッと、だれもかもに意味の通じることを言うても、怒りませんよ？」

毎度ながら面倒くさい話運びに、諒は辟易《へきえき》した表情をこしらえる。

斎伽忍が、かるく両肩をすくめるそぶりに加えて、ちょっとした悪戯《いたずら》を仕掛けるように上目遣《うわめづか》いで微笑した。

「電話しておいで。おまえは寂しがり屋だから」

「ものすごく後半が要《い》りませんでしたな！　いまのセリフは！」

「注文の多い子だな」

「それはもう、日頃の雇用主サマの薫陶のおかげで！」

ひらりと片手を振って、諒は黄昏《たそがれ》の色に染まる部屋を後にする。自分を見送る視線に、いつまでそこにあるんだと尋ねる臆病さを、早く噛《か》み殺したかったから。

（ろくな未来じゃなくても俺はいいんです、未来というものが本当にあるなら）

まだ何も終わりはしないと——こんな景色も他愛《たわい》ない日常の一頁《ページ》にすぎないと、知っていられたら。

《2》

冷たい雨の嚆矢《こうし》が一滴、アスファルトに落ちてくる。

渋谷。

駅前の賑《にぎ》わいから離れた、暗く猥雑《わいざつ》な路地の狭間《はざま》に。

逢魔《おうま》が時《とき》の薄闇をくぐり、一陣の風が奔《はし》りゆく。

風は、街を歩く不特定多数の人間たちの気配に、溶けこみ、紛れようと試みる。

もがき暴れる窮鼠《きゅうそ》のように、あさましく、惨めに。

けれど、もう遅い——。

見つけてしまった。

（何のために？）

己自身に、里見十九郎は問いかける。

……いまとなっては、何のために。

そして、だれのために。

（残り僅かな術力を、戦局にかかわりのない些末《さまつ》な『妖者退治』に遣《つか》ったとして、どんな意味があるのか）

惰性なのか。習《なら》い性《しょう》なのか。

プライドの充足か。自己満足か。

すくなくとも希沙良《きさら》の利益にはならない。おそらく、斎伽忍の心算にもそぐわない。それでも。

獲物の座標を、感覚の網のうちに捉《とら》えてしまっている。

その存在は人間《ひと》の形状《かたち》をしているが、根幹には濃い妖気しか見えない。心臓まで〈妖の者〉に同化された後では、憑依《ひょうい》を解くことはできない。もはや肉体すべてを〈妖の者〉に占拠されており、人間としての生命は取りもどせない。封じる以外にない。

封じたい、と願ってしまっている。

（なぜ？）

まだ、狩猟者にも似た衝動がある。

自分の価値を証明するために？

あるいは、斎伽の血の因子にもともと備わっている嗜虐《しぎゃく》性の発現か。

「一」

十九郎は独白と共に、右の掌を足元のアスファルトに触れさせる。——位相を精査《スキャン》する。意識のチャンネルを転換し、力を解放する。結界の、固定。

白く地に降る雨粒の軌跡をかいくぐり、遠く離れた場所に、透明な衝撃を立ちのぼらせる。

烈《はげ》しい稲妻のように。

「二」

目視《もくし》に頼らず、標的の在処《ありか》を把握することが、いまの十九郎には可能だ。能力に限界を与える自衛本能を意図的に排除し、感覚をするどく増幅している。狙いすまして、結界の第二波を打ち当てる。

獲物は、かわして逃げる……。

否《いな》、知らず、誘導されていた。

十九郎によって定められた一方向へ。

「三！」

自らは一歩も動かず、十九郎は冷徹な一撃を敵の背後に挿《はさ》み入れる。ドッ、と空間を貫いて生じた結界が、〈妖の者〉の身を庇《かば》う妖力を削《そ》いだ。

直後、十九郎の目前にとびこんできた人影が、あっ、と息を呑《の》み、たたらを踏んだ。

罠《わな》に追いこまれたと悟ったのだ。

その姿は、セーラー服を着た少女だった。十九郎と同年代の、若い宿体だった。刹那《せつな》の痛みを十九郎は胸郭のどこかに感じる。良心の呵責《かしゃく》などではないだろう。いまさらだ。

斎伽忍と妖者方との約定により、妖者三忌将《さんきしょう》配下の〈妖の者〉は、一般人に害をなさないことになっている。だがそれはあくまで原則であり、抜け道は作れる。三忌将の配下に属さぬ逸《はぐ》れ者が人を害したなら、妖者方はその責を負わない。

――炎将との決戦にかかずらっていなければ、この少女の魂が〈妖の者〉に喰《く》われる前に、出会えたのか？

そんな仮定に意味はない。すべての生者とすべての妖者に等しく眼を配ることは、だれにもできない。神であっても、できない。

「縛止《ばくし》！」

十九郎の放った言霊にからめとられ、少女が無形の力に全身を文字どおり縛られて立ちすくんだ。怯《おび》えを露《あら》わにして、なにかを叫ぼうとした。

（知っていたのにな。自分たちの術力の使い途《みち》は、けっして英雄的な行為ではないと……）

妖者封じの宿業が単純な『人助け』で語れぬものであるかぎり――そこにコインの表裏のごとく光と闇が同居するかぎり、光があたるのは自分でなくていい。

しかし……。

「どーも失敬、里見さん、お邪魔しますよ」

高い位置から、声をかけてきた者があった。十九郎の背後、薄汚れた雑居ビルの非常階段の三階部分から、だった。

この場面で飄々《ひょうひょう》とした口調を選ぶのは、水沢諒が軽薄な人物だからではない。

逆だ。

「水沢」

十九郎の呼びかけには、仄《ほの》かに制止の響きがこもる。

あえて無視して、諒が非常階段の手すりをスニーカーの踵《ラバー》で蹴《け》り、とびおりた。

「朱雀《すざく》っ！」

宙で右腕を振った諒の手中に光剣〈朱雀〉が顕《あらわ》れ

る。

　着地のタイミングにあわせて——迷いなく、袈裟《けさ》斬《ぎ》りの一閃《いっせん》で、朱雀剣が妖者の姿を雨のなかに掻《か》き消した。

　こつんと地面に跳ねる翡翠《ひすい》色の『玉《ぎょく》』を、慣れた手つきで拾いあげ、それから首をねじ曲げて十九郎を見る。

「里見さん。悪く思わんでください。いちおう、ヨゴレ仕事は俺の管轄ですので」

「いや……助かったよ」

「ですかね？」

「簡単には信じてくれないのかな。俺が独断専行を禁じられている立場だから？」

「まあ、俺は忍のパシリであってスパイではないので、自分が見聞きしたものを忍に洗いざらい伝える義理はないですよ。忍は忍なりに里見さんのために花やら団子やら北風やら太陽やら用意して、大人しくしてもらおうと画策してますけど、一方で『玉』を喰って生きのびねばならんのも忍の現実ですし。ただ、『こっそり鬼退治』なんて理由で里見さんにドタキャンされると、あのひともたぶん拗ねますんで、なるべく優しく応対していただけたらと」

「疚《やま》しいことの多い身の上だから、難しいな。努力はしてみるよ」

「疚しさねえ。疚しさの多さで勝負したら、あっちもこっちも大差なさそうで。そもそも、競っても不毛というか、その手のジャンルで競って勝ちたがる心理ってやつは自己愛ですよねえ」

「水沢は、ときどき癪《しゃく》に障る」

　十九郎がつぶやいた。

　諒は、両眼にかぶさる前髪と小糠《こぬか》雨のカーテンを透かして、じっと相手を見る。

　この自制的な人物の、はっきり私情に徹した言葉は、貴重なものに思えたのだ。

「だろうなーと自覚してますが、俺は里見さんが好きですよ」

「一定の条件下での話かな」

「そこは、お互いサマでしょ。優先的に守るものがありますでしょ。しょうがない」

すなおに諒が首肯する。

十九郎も、屈託の大半を拭《ぬぐ》い去った表情で、そっと唇に笑みを乗せてみせた。

「それを聞いて安心した。ありがとう」

《3》

新宿の駅ビルのなかで、上りのエスカレーターに足を置いた瞬間、向かいあった下りのエスカレーターに現れた人影を見つけて、希沙良は眉間《みけん》に深く皺《しわ》を刻んだ。見間違えるのが難しい相手だ。七瀬冴子だった。

冴子のほうも同様に、非友好的に柳眉《りゅうび》をつりあげる。今日の彼女はセーラー服ではなく、崎谷《さきや》亮介たちの通う高陵高校の制服であるブレザーを着ている。

相変わらず亮介のクラスメートをやっているらしい。

「何やってんだおまえ」

「そっちこそ、ひとに訊《き》く前に、自分が何をやってるかを説明《プレゼン》したら？」

「ったって、俺の学校すぐそこなんだから俺がこのへん適当にブラブラしてんのは普通だろ！」

「適当にしてるだけなら、こっちの用事につきあいなさいよ！」

「はあ!?」

エスカレーターが交叉《こうさ》するあいだ、言葉をぶつけあうが、すぐお互いが背後にまわってしまう。冴子の強引な要求に、希沙良は呆《あき》れる。ふりかえると、冴子は一階下のフロアにたどりつき、その場で女王様のように顎《あご》を高々と掲げて仁王立ちをしている。

「俺に用があんなら、おまえが上がってくるもんだろ、常識的には……」

舌打ちをする。文句を言っても無駄だとはわかっている。下りのエスカレーターを踏み、元いた階に逆戻りした。

　若い女性のための洋服屋が居並ぶフロアだ。紅蓮《ぐれん》のオーラを放つ超絶的な美少女と、フェロモン過多かつ眉目《びもく》秀麗なオトコマエが相対するシーンは、フロアを行きかう女性たちの視線の的にならざるをえない。どんなにフィルターをかけて見ても、仲むつまじいカップルには見えないはずだが。

「亮介ちゃん見なかった？　亜衣《あい》ちゃんと三人で買い物にきたんだけど、見失っちゃって。携帯に電話してても出てくれないし」

「いきなり言われてても知らねえって……。会う約束してるわけでもねえし。人捜し系の仕事、いちばん向いてない俺にふるなよ」

「使えないわね。これといった妖気は感じないから、あまり心配はしてないけど、電話が通じないままじゃ困るのよ」

「なんなら、迷子の呼び出し放送でも頼めばいいだろ。そもそも迷子になってんの崎谷じゃなくておまえって可能性もあるよな」

「……なのかしら」

「そこは否定できる程度に、おまえがしっかりしとけよ！」

「してるつもりよ！　とはいえ、あたしも意外と世間知らずで苦労が多いのよ！」

「んなこと威張んなくていいだろ大声で。やたらムダに威嚇すっから、他人に怖がられんだよ。そんなだから友達が増えねんだろ」

「あなたもね！」

　正鵠《せいこく》を射られた冴子が、憤然として答えた。希沙良も、大々的に仏頂面になってみせる。

「せっかく美男美女が並んでるんだから、仲よく交流してほしいんですけど？」

　冴子の肩に手を添えて、神原《かんばら》亜衣が仲裁に入った。どちらの味方につくわけでもなく、端的な事実をざっくりと告げる。

「和泉《いずみ》君と冴子さんの取り合わせって、ただでさえ華やかでゴージャスで目立つし、ギスギスしてるとなおさら悪目立ちなのよね。この状況、きっと里見さんなら両手に花と解釈するけど、あたしの手には余りそう」

「それもそうね。むやみに見世物になるのはよくないわね。ごめんなさい。反省したわ」

冴子が速やかに同意する。

ひとまとめにゴージャスと表現された希沙良は、微妙に視線を泳がせる。容姿を褒められることには慣れているものの、冴子と同じカテゴリに分類されたくない。美醜云々《うんぬん》以前に『毛並みのよく似たじゃじゃ馬×2』という印象が膨らむ。

神原亜衣の清涼感のある可憐《かれん》さや、コンパクトな身体に似合わぬ心胆の強さのほうが、よほど魅力的だ。隣の芝生だろうか。

「崎谷君は、いつもの癖で、気持ちが小旅行《トリップ》してて、あたしたちとは違うものを見ているのかも。でも、それなら、そのうち気がついてくれるから」

亜衣が、日頃の観察から導かれる推理を口にする。

「フーン……。神原さん偉いよな」

正しい表現なのかはわからないが、希沙良はそうつぶやく。

だれかの鋭利すぎる感覚が、とうてい追いつけない彼方《かなた》にあるとき、自分がどうすべきかは知っている……。

(……耐えることだ。まだ、それしか、知らない)

神原亜衣の身の処し方が、自分よりも軽やかに思えたので、偉い、と言いたくなってしまう。

「けっこう酔狂だって言ってる?」

勘のいい顔つきで、希沙良の表情の曇りをうかがい、亜衣が尋ねた。

「あーごめん。ちがう。そういうふうに崎谷の相手できてんのって努力の賜物《たまもの》だよなって思った。崎谷だけじゃなくて、俺らみんな、どっか社会不適応な猛獣だろ。そしたら神原さんがサーカスの座長に見えてさ」

「ダメなこともいろいろあったけど」

「あったけどさ。でも、そこも越えてきた自信があんだろ、いまは」

「いまは『いい気』になってるけど、この先も時間は流れていくし……気持ちも変わるかもしれないし」

「ネガティブ系のこと言ってても余裕あんだよなー。絶対《ぜってぇ》そのまま結婚して、あったかい家庭とか作るよな」

「作りますよ？」

亜衣が、爽《さわ》やかに宣言する。

気圧《けお》された冴子が、ぱちぱちと大きな瞳を開閉した。

「亜衣ちゃんの情念って、敵にまわしたくないわー」

「冴子も最初から白旗あげてねえで、かかあ天下の宣言とかしろよ」

「なに呑気《のんき》に他人事ぶってんのよ、あなたも自分だけ蚊帳《かや》の外みたいにラクさせないわよ。みんなが幸せにならなきゃいけないの。忍様のためにもね！」

「おまえはそこで斎伽忍の名前を出すから、ややこしくなんだよ……」

「あなたも含めて、ややこしいひとばっかりなのよ！　それも織りこみ済みで行くしかないでしょ」

冴子が言いはなつ。希沙良は、反論する気力を失い、首を上向けて天井を見る。

「和泉君。ひとりじゃないですよ。みんなで支えあいましょ」

亜衣が言った。せめてものフォローらしかった。

そうかな、と希沙良は漠然と思う。みんなで、と言われても、なぜか安心できない。

（ひとりって言葉の意味が……俺は、心底のとこで、わかってねえんだろうな……）

理解できるのか。

やがて来る期限のときまでに。

「神原さん。それ、いつかまた言ってくんねえか。

俺、一回でわかる気がしねえんだ」

「いいわよ。何度でも」

しっかりと亜衣が頷《うなず》いた。

「約束ね」

《4》

迷子になったつもりはないけれど。

ふと足を止めて頭上に視線を投げたら、駅ビルの天井ではなく、蒼《あお》く揺れる水面が見えた。

風景が二重写しになり、現実感が稀薄になる。

亮介は、水中で屈折する光に、目を凝らす。瑠璃《るり》色の清冽《せいれつ》な世界。

(こういう水を知っている)

見たことがある。

可能態《デュナミス》。

これから、なにかに、なるもの。

自分が立っているリアルな世界の輪郭と、ぴったり接する位置に、いつもその幻想は待ちうけている。

いつも——いつも、境界ごしに、覚悟を問われている。

(未来だ……)

水のヴィジョンを貫き、ソナーのように響く、だれかの魂の震え。

一瞬後の未来を恐れる、振動。

遥《はる》か遠くの翳《かげ》りを拒絶する、心音。

(こわがりたくないよ)

清澄な水の感触を、亮介は胸深くに吸いこむ。

だれかが、時間よ止まれ、と願っていたとしても。

だれかが、一歩踏みだした結果を恐れて瞳を閉じていたとしても。

行けばいい。

次の場所へ。

——どこへ？

(終わり《オメガ》の、その先へ)

携帯電話の呼び出し音が鳴る。だれが自分を待ってくれているのか、亮介にもわかっている。大丈夫だよと答えようと思った。

　もうすこしだけ、この蒼い未来の色を記憶に刻みこんでから。

【2012.6】

スリー・ストーリーズ

（本書での書きおろし新作）

1

白銀色《しろがね》のバレリーナの像が、ゆっくりと廻転《かいてん》する
オルゴール。

踊り子《エトワール》。

奏でられるメロディはフランツ・リストの「愛の夢」だ。

前触れもなくノートのうえにそれを置かれた十九郎《じゅうきゅうろう》は、古文の問題集を解く手を止める。

自由が丘の里見《さとみ》家に今日も帰宅した希沙良《きさら》が、まず居間のダイニングチェアに制服の上着をひっかけ、手を洗ってうがいをすませ、キッチンに寄って十九郎手製のドーナツをひとつ口にほうりこんだのちに、おもむろに十九郎の部屋を訪れて、なんの説明もなく置いたオルゴールだった。

「これは？」

「誕生日おめ」

九月二十六日だった。なるほど、と十九郎は納得する。

「……捻《ひね》ってきたな、今年は」

「俺もいろいろジョーアツから情報吸いあげてっから。『愛の夢』が鉄板って」

「口の軽い友人を持ったな……」

「だめだったか？」

「いや。ありがとう、可愛《かわい》いよ」

「俺が？　オルゴールが？」

「両方」

「だよな。おまえそれ京都に持ってけ、お守り代わりに」

「まだ合格していないよ」

「するだろどうせ」

気の早すぎることを希沙良が言う。

「で、どうせ『ひとりでも平気』って顔で京都行くだろ」

「そうかな」

「でもどうせ俺も図々しく何十回でも遊びに行くけどな」

「うん。頼むよ」

十九郎は口角をあげて笑む。

「ところで希沙良は、模試の結果が出たんじゃないのか。見せてほしいな」

「もうちょっと純粋におまえの誕生日を祝わせろ」

「あとでケーキを出すから、祝うのはそのときでいい」

「自分で焼いたのか、自分のバースデーケーキ」

「気晴らしに」

「おまえがいいならそれでもいいけど……」

希沙良が複雑な表情になった。

「おまえのそういう『やりすぎ』なところ、俺は心配なんだよな」

「うん」

十九郎も、異は唱えずに、静かに答えた。

十九郎の完璧主義は、濃い鬱塞《うっそく》と結びついている。

時間が経《た》っても、平穏な精神はいまだ戻ってこない。

かりたてられるように日々を生きるほかない。

この世界に穿《うが》たれた空洞の巨《おお》きさを知りながら。

——斎伽忍《さいがしのぶ》という名の空洞を。

「俺を気にしてくれてありがとう」

「なに言ってんだいまさら！」

きまじめに礼を言われた希沙良が、調子を狂わせて、うまれつきの色素の薄い髪をぐしゃっとかきまわした。

「あと、友達大事にしろ。俺以外の連中にもケーキ食わせろよ」

「ハネと西城《さいじょう》にはパウンドケーキを渡してきた。予備校の帰りに、新宿に寄ったんだ」

「フーン」

誕生日の当事者からケーキをもらう奇妙さを、あのふたりなら受けとめてくれるだろう。

ああよかったな、と希沙良は思う。

（よかった。神様）

　たとえまだ十九郎が真の意味で幸福でなくても。

　十九郎を生かしている神に、希沙良は感謝をする。

何度でも祈る。

　世界の外にいる神様。

（最果ての地――。また、いつか……）

　荒唐無稽なお伽噺《とぎばなし》だとしても。

「希沙良の頭のなかは忙しいな」

「ひとの表情読むな。反則だからなそれ」

　希沙良は顔を左の掌で覆う。居間に戻って、置きざりにしていた自分の鞄《かばん》をあさる。模試の成績表をひっぱりだした。

　十九郎の部屋にとってかえし、堂々と成績表をつきつける。

「合格判定あがった！　B判定！」

「よかった」

　息をひとつついて十九郎が言った。

　希沙良は半分だけくちびるを曲げて笑う。

「リアルにほっとしすぎだろ」

「いちおう、勉強を教えた責任はある」

「考えすぎ」

「そうか。でも、よくがんばった」

「だよな」

　いっしょに京都についていく、とは希沙良は言わない。

　自分に適した居場所を、東京でさがす。

　それは不思議ではないことだ。

　自然だ。

（大丈夫。必要なときは、いつでも行ける）

　大丈夫だ。おなじ世界にいるのだから……。

　どうして怯《おび》えたのだろう？　離れることばかりに。

　だが、かつての自分もわるくない。嫌いではない。

　希沙良はそう思う。

「俺ら、よくがんばったよな！」

　希沙良は力をこめてくりかえす。

　十九郎が双眼を伏せ、優しく笑った。

「次はA判定になるまで、手を抜かないで教えるよ」

「マジか」

「たのしみだな」

「マジか……」

2

あたたかい雨が降っていた。

月のない、真っ暗な空から。

渇きをうるおす慈愛のように。

荷物の負いかたを両肩が忘れかけている。それはまずいな、と諒《りょう》は思う。油断しつづけるマウンテンパーカの肩を雨粒が叩《たた》く。慈愛の連続。孕《はら》まれる示唆。なにかをとりもどすべきだ。そう、わかっている……。

いや、めんどうくさい。

(もうなにも背負わなくていいと俺の神様は言ったのでは？　そんなこともないですか)

だれかのために生きるのをやめて。

自分の責任をとれ。

ははは、と諒はひとりで笑う。

過酷な宿題が残された。

神はもういないのに。

闇色の天を仰ぐと虹が見える気がした。

幾筋もの雨が顔にあたり、頬を流れおちていく。

心地いいと感じる。都会の夜道の電飾が、潤んで滲《にじ》む。

ごほっ、とひとつ、重ための咳《せき》がでた。

——風邪をひいたなと自覚する。

（神様、それでも俺は知っています）

知っています。

帰る場所はある。


コーポアマノ二〇三号室。ずぶ濡《ぬ》れの諒が玄関にあらわれると、うわあと亮介《りょうすけ》が声をあげた。

「ごめんなさい、迷惑でしたね」

「その状態で窓から来なかった点は褒める」

「褒めちゃうんですか。甘くないです？」

「帰ってきたなら優しくするよ」

「なにその甘さ……ありがとうございます」

バスタオルを持ってくる亮介に礼を言い、ざくざくと頭髪を拭く。しかしいつまでも雫が盛大に足元に落ちる。焼け石に水だ。

「諒、おまえ見るからに熱がある」

「あー、やっぱりそうかね。風邪かね。風呂入って寝ます」

「お風呂は微妙だけどシャワーならいいかな。お粥《かゆ》つくるから薬も飲めよ」

「すみません。お世話になります」

「めずらしいな、諒が風邪なんて」

亮介がつぶやいた。そうだなと諒も思った。


人間であることをやめていたかったんです。

神の使徒として在《あ》りたかったのです。

断罪の刃をふるうかぎりは。

窓のカーテンの隙間から白い陽光が洩《も》れてくる。

六畳間に敷いた布団から、諒はまだ起きあがらない。目は覚めたが。

枕元に冴子《さえこ》が座っている。

華やかな真紅のドレス姿が、この古びたアパートの和室には不似合いだ。

「どうした、着飾って」

諒が尋ねると、冴子がはっとして諒の顔を見おろした。早口で説明した。

「ゆうべは咸月《みなづき》殿の仕切りのパーティーだったの、財界のお偉方と社交のお仕事！　その帰りのタクシーのなかで亮介ちゃんから電話もらったから着替える時間がなかったの！」

「ただの風邪ですよ」

「そうみたいね、熱も下がったし！」

非接触式の体温計を手に、冴子が言う。

この女は不思議だなと、諒は今日も思う。

慰めてほしいと言わない。

冴子自身も傷ついているのに。

「きみは一晩中、僕の体温を計っていたのかね」

「……なによ、不満？」

「不満ではない」

「そう」

冴子が微笑《ほほえ》んだ。

「風邪なんぞに負けておるのは不本意ですけど」

諒は手をのばして彼女の片手を拾い、その白い指を自分の額におしつける。

「なに？」

「ちゃんと触って計ってください」

「あ……甘えすぎでしょ！」

「そうか」

「そうよ」

「亮介は？」

「もうとっくに学校の時間よ」

「じゃあきみ寝不足だろう」

「まあね。でも若いから平気――ちょっと待ちなさい！」

諒は冴子の腕を引き、肩をぐいとつかまえて、すみやかに自分の隣に横たえてしまう。吃驚《びっくり》した冴子が、握り拳で五回ほど諒の頭を叩《たた》いた。

「ばか！　ばかばか！」

「不埒《ふらち》な真似はせんので」

「すでに不埒になりかけてるわよばか！」

「すこしでいいので、ここにいて」

諒に頼まれた冴子が、握り拳の力をゆるめた。ためいきをついた。

「すこしだけよ、風邪が伝染《うつ》るから」

「うん」

「ほんとにすこしだけだから」

「はい」

掌を冴子の頭にぽんぽんと弾ませて諒が答える。

十秒後には冴子が寝息をたてはじめたので、諒はとてつもなく愉快になり、声を殺して笑った。


ねえ神様、すくなくとも――。

帰る場所ならば、知っているのです。

3

新宿駅南口の空気は、いがらっぽく煤《すす》けていて、ハネはあまり好きではない。ここで歌うときだけは、気が晴れるけれど。

人間が多すぎて、自動車も多すぎて、飽和している。

「ハネは受験する子なのか？」

西城敦《あつし》が訊《き》いた。

東大生になった西城は、忙しいだろうに、つきあいがいい。『TAMAGGO《タマゴ》』の路上ライブがある日は、よく顔を出してくれる。

「するよ。ヒヨリもだよ」

歩道のすみにしゃがんだ恰好《かっこう》でハネは答える。

「そうか。タマゴは休むのか？」

「どうかなあ。決めてない」

「そうか」

「アッちゃんみたいに難しい大学は受けないから」

「そんなアツシサイジョーも受験前に里見のためにあれこれやってた記憶しかないな」

「アッちゃんって変わってるね」

「ハネに言われると重いな」

はー、と文字が見えそうなためいきを西城が零《こぼ》した。

「いいと思うよ。変わってるの」

お世辞や体裁でなく、すなおにハネは言う。

「うん。俺もいいと思うな」

西城の背後にたどりついた里見十九郎が、肯定の弁を述べた。はー、と西城がふたたびためいきをついた。

今日の十九郎は黒のセットアップに鳶色《とびいろ》の上着《ジャケット》を羽織った自然な恰好で、あの尖鋭《せんえい》なオーラをまとわせるスーツ姿ではない。そのほうがいい、とハネは思う。

「来るなら来ると予告してから来い。あやうく里見の悪口を言いそうだったぞ」

「遠慮はいらない」

「遠慮させろ。俺の精神衛生のためにな！」

十九郎と西城の会話を聞くのが、ハネは好きだ。汚れた空気が綺麗《きれい》になる感じがする。

（りいん）

鈴の音。

硝子《ガラス》製の風鈴のような、澄んだ音が聴こえた。

（りいん）

アスファルトをつたってハネのもとまで届くシグナル。

すこしずつ音の源まで遡《さかのぼ》って視線をうごかしたら、雑踏のなかにたたずむ一匹の黒猫を見つけた。

影のない黒猫——牙《きば》。

影がなくても生きているの？

以前、そんなことを尋ねた。

——いまも、生きているの？

神様がいなくなってしまっても。


（そう）

喚《よ》びよせた言霊が、ハネの指先に触れる。

（僕がいなくても——生きておくれ）

それがあまりに強靱《きょうじん》な、濃密な、あらがえぬ言霊だったから、ハネは火傷《やけど》をしたように手をひっこめた。けれどもすでに心臓が、あざやかな悲しみに捕らえられてしまっていた。

ハネのようすに、十九郎と西城がどちらも気づいた。

「どうした？」

西城が尋ねた。

「なにか聴こえたのか？」

「うん」

ハネはうなずき、両眼を瞑《つぶ》った。涙の粒が落ちた。

黒猫がどこへ行ったのか、もうわからない。

きっといまも、あの女の子といっしょにいる。

……生きている。

「無理に言わなくていい」

十九郎が言った。ハネは首を横にふった。

「ううん。里見君に言うよ。言えるようになったら……」

それは里見十九郎に伝えなければならない言葉だ。大切なものだ。

「かならず、言うよ」

「うん」

なにかを予感するように、十九郎が静かに言った。

「待つよ。いつまでも」


【2021.7】

―《ハイスクール・オーラバスター》完結記念

若木未生インタビュー

インタビュー&構成◆三村美衣

highschool aurabuster side stories

under world chronicle

――『天使はうまく踊れない』の刊行が一九八九年一二月ですから、三十二年の長きにわたるシリーズがついに完結を迎えましたが、まず書き上げた瞬間の率直な気持ちをお聞かせください。

若木　Twitterに「あとちょっとで書き終わる」って書いちゃったじゃないですか。だから終わったら「終わった」って書かなきゃならないって思ってしまって。そんなつもりはなかったんだけど、結果的にTwitterで実況中継することになり。

――どきどきしながら見てました。

若木　最後はとてもオーラバスターらしい終わり方で締めくくれて――まず亮介《りょうすけ》がいて、十九郎《じゅうきゅうろう》と希《き》沙良《さら》がいて、そして諒《りょう》がいる。とにかく最後は諒を「幸せ」にしたかったんです。「幸せ」とはちょっと違うのかもしれないけど、でも諒がとてもニュートラルな状態で終わることができた。だから何も気負うことなく「書けたわー」って思って、そのままTwitterに報告したんです。そしたら思いのほかバズってしまって（笑）。

――そりゃそうなります。

若木　だから、ひとりでしんみりと感慨に耽《ふけ》るといった感じではまったくなく、みんなでわーっと「終わったねえ」と言いあう祝祭っぽさがあって嬉《うれ》しかったです。

――そもそも《ハイスクール・オーラバスター》の設定や物語はいつごろから温めていたものなのですか？

若木　キャラクターで言うと、一番古いつきあいが水沢《みずさわ》諒で、14歳の頃に登場。その時は主人公でもなんでもなかったんですけど。そのあと16歳の頃に冴《さえ》子《こ》さんが誕生しました。コバルトの新人賞はまったくSFでもファンタジーでもない青春小説で受賞したんですが、書籍の打ち合わせでSFを書きたいって言ったら、これがすんなり通って。

――コバルト文庫は新井素子《あらいもとこ》や火浦功《ひうらこう》などけっこうSFしていたんですが、若木さんがデビューした八

○年代の後半は、少女小説界全体がラブコメの波に呑み込まれていた。

若木　そうなんですが、空《くう》の者と妖《よう》の者が戦う話でって説明したら、「そういうの流行《はや》ってるみたいだからいいんじゃないの」って。当時のコバルト文庫にはそういうゆるさがあったんです。そこで、《オーラバスター》のためのキャラクターとして亮介と忍《しのぶ》さんが誕生しました。あ、ごめん、十九郎を忘れていました（笑）。十九郎は17歳の頃に、ある日、夢に出てきたんです。里見《さとみ》十九郎という、名前に全てのアイデンティティーを背負っているようなこの人物をいつか作品に使おうと温存していました。最初にこの話は自分にとってのオールスターで行くと決め、温めていたキャラを全て投入したんです。表の主人公は亮介、裏主人公が忍さんで、ところが亮介と十九郎が出会う場面になって、これがまったく転がらない。

――ふたりとも生真面目だから……。

若木　そうなんですよね。だから突っ込み役が必要だと思い希沙良を呼びました。ほんと、希沙良くん出てきてくれてありがとうという感じです。

――そんな風にバラバラに生まれたキャラだと、もともとは術者だったり、空の者を産む一族の人だったりはしなかったんですよね、

若木　それぞれ背負っているものは少し見えていて、諒は家族を亡くしているとか、十九郎はなんだかよくわからないけど「無礼者！」って言う人で。

――え、そこ？

若木　そこ（笑）。亮介くんは高校一年生で、高校生活にはガールフレンドがいてほしいから亜衣《あい》ちゃんを配置して。今だったらもっと小技を利かせたりするのかもしれませんが、若さゆえの無謀無策というか、どんなキャラが受けるとかそういう斟酌《しんしゃく》もまったくなく、自分の好みの女の子ですね。当時は、まさかこの先三十二年間もこのふたりの恋物語を書くことになるとは考えてもいませんでした。

――世界設定は?

若木　一巻目の『天使はうまく踊れない』はまだシリーズに出来るかどうかもわからず、とりあえず書いたものを渡したら、改稿してもらうよと言われていたのに忘れられてそのままゲラになってしまって。校正のバイトをしていたので、ゲラの直し方は編集さんに褒《ほ》められたんですが、こちらもいつ改稿させてもらえるのかなとのんびり思っていたら本になってしまっていたという、なんだかゆるく出た本だったんですよ。

――好評につきシリーズ化、二巻目をとなった。

若木　一作目は学園小説っぽい展開ですが、二巻目でいきなり本性が出たというか、『セイレーンの聖母』で「三忌将《さんきしょう》」という言葉が出たことで世界設定が全て決まりました。

――その段階で結末も決まっていたんですか?

若木　皓《こう》様が出てきた地点で、十九郎と皓の関係、十九郎が一度は敵に寝返るように見え、そして戻ってくるということは決まっていました。

――忍様は?

若木　忍さんの最終的な落としどころに関しては、本人と作者のあいだにすごい押し引きがあって、どうなるんだろうと考えながら書いていました。わたしは「こうして欲しい」というのがあるんだけど、忍さんには忍さんで「こう動きたいです」というのがある。ただ、物語のあり様としては、忍さんは遠くにいくしかないんです。だから多くの読者さんは、彼は死んでしまうと考えていたと思うんですが、わたしとしては「死んじゃうのは違いませんか」って思っていた。そんな風に話し合いを続けていたら、ある日突然、「世界の輪郭」という言葉が出てきたんです。

――《オーラバスター》はそういった印象的なフレーズや、不協和音のような言葉がポンと投げ出され、そこから波紋を広げるように物語が動いていきます。そういった謎めいた言葉には中毒性がある。

若木　そこに拒否反応を示す読者さんもいるだろうなと思うんですけど。《イズミ幻戦記》や《グラスハート》では、内容や語り手の性格などに合わせて文体をそれぞれ変えていますが、《オーラバスター》はそんなことを考えていないない、素のままの文章なんです。でもこの間、『烈光の女神』を読み直してみたら難しくて（苦笑）。時期によってもだいぶ文章が違いますね。

――きっかけとなる言葉から波紋が広がる様は描かれるのだけど、それが何を意味しているのかがわかるのは、何巻も後になってからなんですよね。

若木　本来は一冊、一冊、独立したものとして読めた方がいいと思うんですけど、心情の変化などは、何冊にもわたって詰将棋のように書いています。ただ意図したものだけではなく、なかなか回収しきれない自分自身への宿題棚のようなものもあって、頭の中にあるその棚のことは、執念深く考え続けながら書いていました。

――たとえば？

若木　諒と冴子の関係などもそうです。冴子がちょっとずつ自分の気持ちを伝えていくのだけど、それに対する答えは何巻もあとで。とにかくこのふたりは、そう易々《やすやす》とは進んでくれなくて。

――諒が時々広島弁を使うでしょ。最終巻であれは本当にズルいと思った。あそこで泣きました。

若木　あーっ（笑）。諒は素顔を見せない仮面を被っている子なのだけど、その仮面をはずしている瞬間を広島弁で表現しているんです。

――諒が転校してきたのが高一の十月、最終巻の冒頭で三年の新学期を迎えるので、僅か一年半の出来事なんですね。諒と忍様が出会ったのですら、その一年ほど前でしかない。まるで圧縮されたような濃密な時間ですね。

若木　そもそも高校の三年間って、人の人生においても異常な時間だと思うんです。少なくとも自分にとってはそうだった。最初の頃の亮介や希沙良は、自分が大人になれば強くなれると思っています。でも実際は違うじゃないですか。大人になれば、センシティブなところは鈍るかもしれないけど、それは強くなることではないし、大人になったからって解決することなんてあまりない。彼らはシリーズの中盤までは、そういう気持ちを引きずっています。特に希沙良は、主体が自分の側にある人で、愛されたいという気持ちが強いので、十九郎の一挙手一投足にビクビクしている。ところがだんだん、十九郎だって強くないんだということを知り、周りを見ることができるようになる。「みんないろいろあるよな」っていう、優しい希沙良君の姿は、シリーズを始めた頃には思いもしなかったものですね。

――作中は一年半ですが、外では三十二年が流れ、若木さん自身も変化したということでしょうか？

若木　わたしが変化して小説が変わるというより、小説を書くことで気づかされるのだと思います。小説の方がわたしの半歩前にあって、書くことによってそこから学んでいるという感じです。小説で書いたこと、考えたことがその後、リアルで身にふりかかるような不思議な体験も何度もありました。《グラスハート》の『冒険者たち』を書いていたときだったんですが、朱音《あかね》ちゃんは、自分は弱いけど強くなろう、強くなろうとしている。それでもつい弱音を吐《は》いてしまうことがあって、それを桐哉《とうや》に指摘されるんです。「弱いオトと書いてヨワネ」って言われる。その後、でも、本当に弱いオトはいらないのかなと疑問を抱きはじめ、やがて強いオトも弱いオトも両方音楽なんだという結論に辿《たど》りつく。これを書いたときに、自分は変わったって思いました。

――影響を受けた作品や作家を教えていただけますか？

若木　一番影響を受けたのは富野《とみの》由悠季《よしゆき》さんです。特に文章において。

――意外な名前が。

若木　だって、平成の世の普通の高校生である希沙良が、モノローグで「冗談ではない！」って言うんですよ。

――富野由悠季恐るべしですね。

若木　アニメもですが、小説版の『機動戦士ガンダム』（ソノラマ文庫）が大好きで何度も読みました。それから『伝説巨神イデオン』（ソノラマ文庫）も。

――最後がイデオンにならなくてよかった……。

若木　そのときイデが発動した。

――終盤でゲーテの『ファウスト』が幾度も引用されますが。

若木　あれはなんでだろう。手塚治虫《てづかおさむ》さんの『ネオ・ファウスト』が刷り込みにあったからだと思うんですが、あるとき突然「時よ止まれ、お前は美しい」というフレーズがふってきたんです。それでゲーテを読んで、読んだからには使おうと思って、『オーラバスター・インテグラル』の「ファウスト解体」で使い、使い切ったと思っていたんですが最後にまた現れましたね。

――空の者と妖の者というアイデアは？

若木　平井和正《ひらいかずまさ》さんの《幻魔大戦》の影響があったと思います。中学生の頃に角川文庫から出た無印の『幻魔大戦』を夢中で読んでいました、それから『真幻魔大戦』も読んで。まだ石ノ森章太郎《いしのもりしょうたろう》さんの漫画版には行きつかなかったので、生頼範義《おおらいのりよし》さんの絵でイメージが出来上がっていた。だから妖の者のルーツは日本古来の妖怪ではなく、あの生頼さんの幻魔なんです。平井さんの影響が強いので、それだけに絶対に書いてはいけないと思っている禁じ手がいくつかあります。たとえば「黒曜石の瞳」と書くと、忍さんが東丈《あずまじょう》になってしまう。さらに東丈は消える前にピアノでショパンの「別れの曲」を弾くんですよ。だからこの曲だけは、十九郎に弾かせてはいけないと、そういう流れになりそうなところですごく戦いました（笑）。コバルトの読者は世代が違うので、たぶんわからなかったとは思うけど、自分のなかでのこだわりです。

――徳間書店の雑誌「SF Japan」で、大学生の忍さんを主人公にした「オーラバスター・インテグラル」を発表、その後『オメガの空葬』を最後にコバルト文庫を離れて、『ハイスクール・オーラバスター・リファインド』がスタートしました。

若木　「インテグラル」のきっかけは雑誌での企画で、本編からは独立した流れのはずだったんですが、コバルト文庫で『オメガの空葬』を刊行したあとに、もう続きを出せないことになりました。それで徳間書店に《オーラバスター》の続きも出してもらえませんかと話しました。了承いただけてありがたかったです。『オメガの空葬』も苦労したんですが、その次の『天の聖痕』もなかなか進まず七年も空いてしまって。クリフハンガーな展開だっただけに、読者さんにも、十九郎にも申し訳なくて。

――『オメガの空葬』はまさに、十九郎が一度裏切って戻るという、『セイレーンの聖母』で決まっていた展開が始まる部分ですね。

若木　そうなんです。十九郎とものすごい喧嘩《けんか》をしながら書いていました。わたしの最終的な目的は、十九郎を泣かすということで、でもそれに全力で抵抗してくるので、取っ組み合いの喧嘩をしているような状態でした。絶対にこの人は、高校生の18歳の身空《みそら》で死なせてはいけない、カッコよく散らせてはいけないと思っていた。追い詰められながら戦っていたんですが、読者さん的にはどうだったんでしょうか。

――読者は、忍様に全幅の信頼を寄せているので、そんなことにはならないと信じていたと思います。忍様は、忍様本人のことに関しては安心できないんですが。

若木　そうかぁ。わたしは、三原順《みはらじゅん》さんの『はみだしっ子』を小学生の頃に読んでしまい、それが遺伝子に刷り込まれているので……。

――十九郎とグレアムを重ねていた?

若木　どうしても重なってきますね。

――グレアムは、自分で自分の人生を駄目にしちゃう子ですからねえ。

若木　四人の子供が家出をして、安住できる場所を探して旅をするという物語にも夢中になったんですが、キャラクターも強くて。少年四人というところも同じなので。

――十九郎とグレアム、亮介の揺らぎもマックスと被るところがありますね。あー、諒ちゃんの「わんっ！」って感じも（笑）。

若木　希沙良はアンジーとは少し違うかなと思うんですけどね。『はみだしっ子』の影響を受けている作家やマンガ家は多くて、ちょっとした文章や一コマに『はみだしっ子』を見つけると、仲間がここにもいるって思って嬉しくなってしまいます。

――さて、その三十二年間つづけてきた《オーラバスター》を無事に完結させたわけですが、気持ちよく終わることができましたか？

若木　はい。今は、取りこぼしたもの、書き逃した部分もなく、書ききったと思っています。作家になってからずっと、わたしの一日は基本的に、くよくよ、くよくよして終わるんです。そのくよくよの原因の大半が《オーラバスター》が書けていないことだったので、終わらせることができてほっとしています。

――空の者側のひとつ前の世代の話が匂《にお》わせただけで終わっていますが。

若木　あれは物語の中に仕込んだ罠《わな》なんです。最初に登場したときにはあれが前世の姿で、まるで転生したかのように見えたと思いますが、実はそうではない。そう見せておいて、それを否定するということを何度も繰り返しています。

――最初から、詳しく書くつもりはなかった？

若木　そうですね。牙とか雪といった〈使〉が、自分はずっと昔からこの方の〈使〉ですと言うので、その「昔」というのはどんな昔なのかというのは書いておかなければと思っていました。伽羅王《からおう》にもやはりそういう気持ちはあるんだと思います。竜岐王《りゅうぎおう》の〈使〉は朱《アケイ》というのですが、諒の剣に朱雀剣と命名したのは忍さんなんですが、竜岐王と諒の立ち位置が似ているという気持ちがあった。でも諒は竜岐王の代わりではないし、忍さんと諒たちの出会いは偶然であり、彼ら自身の運命なんです。前世でつながりがあったから出会ったのではない。それにあれは失敗した記憶なのですよ。それだけに忍さんは、亮介たちには同じ道を辿ってほしくないという気持ちが大きいとは思いますが。

――さて、これでこの世界には生身の忍様がいなくなってしまったわけですが。終わったばかりでなんですが、今後の展開ってないですか？

若木　今のところはありませんが、でも終わったは終わったんだけど、いつでもまた書けるとも思ってはいます。亮介の話はこれで終わったけれど、忍様だってこの世界の外に存在していますからね。このあと、十九郎は研究者や学者になるのかな、諒はずっと冴子の使いっぱしりで。

――ジョーアツ所長の、諒と希沙良が従業員な探偵事務所ってどうですか。

若木　それはなんとも賑《にぎ》やかな。ジョーアツは総理大臣になる男なんですが。

――ええ。官僚とかに収まるキャラではないと思うので、総理大臣か名探偵になるかの二択で。

若木　しかしジョーアツはなんであんなに強キャラになったんだろう。それぞれにクラスメートや学校の友達は設定されているんですけど、なぜかジョーアツだけがいきなり育ってしまって。あの十九郎を御《ぎょ》すというか、ペースに巻き込むにはあのくらいじゃないと駄目なのかなあ。希沙良に関しては、大学生の希沙良が探偵役になる話を「小説すばる」に一度書いている（「挿魔　ハイブリッド・ビリーバー」）んです。単行本未収録で、これももっと書けば一冊になるとは思うんですが、今は書かなくてはいけない話が多すぎて、なかなか取りかかれない。

――最後に、読者に伝えたいことがあればお願いします。

若木　最後まで書き上げて、最終巻はこうすればよかったとか、そういう思い残したところがまったくないんです。最後まで読んでもらってはじめて《ハイスクール・オーラバスター》を全部お見せしたという手応えになると思って書いてきました。もしかしたら、最後の手前まで好きで読んでいたのに、最後の一冊で違ったと思われるかもしれない。でもそうであっても、全部お見せした今なら、晴れやかな気持ちで「好き」にも「嫌い」にも向き合える気がします。自分の子どもたちが自分の手を離れて旅に出たので、もう彼らのことでくよくよすることはないと思っています。

二〇二一年八月一七日　徳間書店会議室にて収録

インタビュー&構成◆三村美衣

あとがき

お読みくださってありがとうございます。

この本は、これまでのハイスクール・オーラバスターのなかでいちばん風変わりな本かもしれません。

ハイスクール・オーラバスターの長い歴史の、その瞬間瞬間をポラロイドカメラで撮影して、アルバムにまとめたような一冊です。

ファンクラブの会誌や同人誌、購入特典ペーパーやポストカード、応募者全員サービス小冊子などに書いてきた短い作品たちを、一挙収録しています。

最後の「スリー・ストーリーズ」は書きおろしです。この本と同時刊行のシリーズ最終巻『ハイスクール・オーラバスター・リファインド　最果てに訣す』のネタバレがある内容になっていますので、ご注意ください。

もともと同人誌はこういったかたちで再録する前提で作っていなくて、「同人誌は修行の場。商業誌とは別」という考えでいたので、どうしようか迷ったのですが……シリーズ完結にあわせて読んでいただきたいなと思う気持ちがあり、刊行することにしました。

通して読むと約三十年間の文章の変遷《へんせん》がすごい。すごいですね。自分で読みかえして「あっうまく書けてないな」と、いまになって頭をかかえる文章もあるのですが、あえて加筆修正していません。上手に歩けなかったときも含めて、ぜんぶオーラバの歴史なので……。

各扉に載っているのは同人誌のタイトルと発行年月です。


「RED RED ROSES」

たぶんいちばん最初に書いたオーラバ同人原稿が「K」だと思います。タイトルがなかったので今回つけました。三作品とも初出はファンクラブ用に書いたもの。

全体的に二十世紀だなあと思って照れます。


「夜間飛行 vol de nuit」

四冊の同人誌を一冊にまとめた再録本でした。再録本（同人誌の）を再録する（商業本に）というとややこしいですが。

「super love 2」から「0708」までのあいだに九年もブランクがあって申し訳ない。

本編が止まっているとき（真夜中）にもオーラバは生きて動いている、という気持ちをタイトルに託しました。


「fragments 2011」

この本あたりから「最近」という印象。（十年前ですが？）

「the mirrors」「another stigma」は無料配布ペーパーの再録。「another stigma 2」は新作。

「the mirrors」が好きです。書けたとき嬉《うれ》しかった。


「The Prophets」

がんばったのではないかと。

不破《ふわ》武人《たけひと》氏がネクタイを結ぶくだりが好きです。

自主製作ＣＤ「ハイスクール・オーラバスターREUNION-0 空葬の章」にあわせて発行した一冊でした。ＣＤはアマゾンさんで買えますので、よろしかったらぜひ。

「ありふれた晩餐」

「newest day」「ありふれた晩餐」は無料配布ペーパーの再録。他二編は新作。

「半秒後の仮想」はフィクションです。本編とは半秒ズレてる感じです。

「metro」

同人誌イコール地下活動と考えてのタイトル。

「アンダーグラウンド」が好きです。

「魔法を信じるかい？」

『白月の挽歌』の希沙良《きさら》がたいへんだったので、希沙良の本を作りたかったのでした。

このあたりの掌編を中心に、自主製作CD＋BOOKを各種発行してます。OVAとおなじオリジナルキャストのみなさんに朗読劇を演じていただきました。詳しくはハイスクール・オーラバスター公式サイト http://highschool-aurabuster.com/ をご覧ください。よろしくお願いいたします。

「siesta」

水沢《みずさわ》の本を作りたかったのでした。


「pieces of 30th」

「ストライド」と「サイレントアイズ」は『ハイスクール・オーラバスター完全版《ビギンズ》』特典ポストカードの再録。「Over the Rainbow」は無料配布ペーパーからの再録。

「銀貨と珈琲」は新作。とても好きです。

未収録ＳＳ
「NO FRIENDS, NO LIFE」「18's secret skyscape」はＣＤ「REUNION-0」特典ポストカード。
「王国」「半月」はそれぞれ『白月の挽歌』『千夜一夜の魔術師』の特典ペーパーです。「王国」はタイトルがなかったので、今回つけました。

「Before The Judgement」

これは『天の聖痕』&『ファウスト解体』応募者全員サービスの小冊子でした。書いた時期的には他の作品より早めですが、内容的に判断して、最後のほうに持ってきました。希沙良と冴子《さえこ》のエスカレーターのシーンが好きです。インテグラルは、本編においていつごろの話になるのか、いろいろご想像いただければ幸いです。

「スリー・ストーリーズ」


この本のための書きおろし。『最果てに訣す』のあとに書きました。つまり最新作です。

なるべく明るくて楽しい番外編にしたかったんですけど、本編の終わりがああだったので、こちらもこうなりました……すみません。

結果、一冊の本で二年ぶんの誕生日を祝われている里見《さとみ》十九郎《じゅうきゅうろう》。

冴子の赤いドレスは『ファウスト解体』との繋《つな》がりポイントです。


以上、どの話も本編にとって脈々たる暗渠《あんきょ》であり、たいせつな歴史である、というつもりで、本書のタイトルを『アンダーワールド・クロニクル』と定めました。

掌編ばかりですが、集めたら一冊ぶんの厚みになったので、けっこう書いてきたんだなと感慨深く思いました。（これだけの年月かけて一冊ぶんしかないとも言えますが……）

一生懸命、愛をこめて書きました。

楽しかったなあ。


ハイスクール・オーラバスターとはいっしょに笑って泣いて一蓮托生で生きてきたから、お別れを言うのは寂しいです。

でも最後まで辿《たど》りつけてよかった。

忘れられない景色を見ることができました。

カーテンコールみたいなこの本を手にとってくださって、お読みくださって、ほんとうにありがとうございます。

東冬《あずまとう》さん、三村美衣《みむらみい》さん、担当編集者のKさん、ハイスクール・オーラバスターにお力を貸してくださったすべての皆様に感謝いたします。

それでは、いつかまたどこかで。

二〇二一年九月　若木未生

本書はトクマ・ノベルズのオリジナル作品です。

著者・若木未生さんへのお便りは、
〒141—8202　東京都品川区上大崎3—1—1　目黒セントラルスクエア
株式会社徳間書店　文芸編集部　オーラバ読者係
にお寄せくださいませ。

TOKUMA NOVELS

若木未生

ハイスクール・オーラバスター外伝集
アンダーワールド・クロニクル

2021年10月31日　初刷

発行者　小宮英行
発行所　徳間書店
東京都品川区上大崎三-一-一　〒一四一-八二〇二
目黒セントラルスクエア
電話　編集　〇三-五四〇三-四三四九
　　　販売　〇四九-二九三-五五二一
振替　〇〇一四〇-〇-四四三九二
カバー印刷　近代美術株式会社
本文印刷
製本所　中央精版印刷株式会社

落丁・乱丁はおとりかえいたします

ISBN978-4-19-850997-2